美在清华

清华美学随笔

杨国华 等 著

Beauty in Tsinghua

人民东方出版传媒
东方出版社

图书在版编目（CIP）数据

美在清华：清华美学随笔 / 杨国华等著 . —北京：东方出版社，2021.5
ISBN 978-7-5207-2130-1

Ⅰ . ①美… Ⅱ . ①杨… Ⅲ . ①随笔－作品集－中国－当代
Ⅳ . ① I267.1

中国版本图书馆 CIP 数据核字（2021）第 062699 号

美在清华：清华美学随笔

（ MEI ZAI QINGHUA: QINGHUA MEIXUE SUIBI ）

作　　者：杨国华 等
责任编辑：陈丽娜　张凌云
出　　版：东方出版社
发　　行：人民东方出版传媒有限公司
地　　址：北京市西城区北三环中路 6 号
邮　　编：100120
印　　刷：北京市大兴县新魏印刷厂
版　　次：2021 年 5 月第 1 版
印　　次：2021 年 5 月第 1 次印刷
开　　本：710 毫米 ×1000 毫米　1/16
印　　张：13.25
插　　页：16 页
字　　数：150 千字
书　　号：ISBN 978-7-5207-2130-1
定　　价：49.80 元
发行电话：（010）85924663　85924644　85924641

老校门

冬日中的胜因院

雕塑

清华园

红

蕾

梅贻琦故居

绽蕊

"母育子"奇石

水木清華

窗中云影任東西南北去來浮蕩蕩渺渺是仙□若

王静安先生纪念碑

水木清华

地质之角

春日校河

西南联大纪念碑

目　录
CONTENTS

> 美是什么？这个问题恐怕问得有点过于宏大，宏大到几个世纪来的哲学家和美学家在这个问题上都无法达成一致。或许根本不必为美划分种类吧，美就是美，就像酸甜苦咸一样，是再自然不过的感受。

> 清华园是美的。任何一个人来到清华园，即使没有任何导游，也会心旷神怡、赞不绝口。然而，让我的朋友们更加充分地感受清华园之美，将美的感觉升华，甚至借此增加美的自觉，却是我本次导游的宗旨。

美是经验

周四中午"清华学"结课，我邀请全班 8 位同学来办公室餐聚。在同学们面对满屋 13 架书的惊呼声中，我介绍了办公室的"四大亮点"：200 本"清华学"参考资料，120 本教育学著作，500 本商务印书馆"汉译名著"，窗外的北大博雅塔、玉泉山玉峰塔和清华大礼堂。随后，我请每位同学用一句话概括"什么是美"，因为他们已经在课前阅读了课程资料中有关美学的内容，并结合本学期课程，撰写了美学随笔。

同学们逐一介绍完毕，我笑谈了两个区别：动物没有美感，人才有美感；普通人不会思考什么是美，知识人才会。关于第一点，有同学不同意，援引庄子"子非鱼安知鱼之乐"作为例证。大家一笑而过，没有辩论。关于第二点，也有同学不同意，认为有些知识人也不会思考美。我笑着接话：特别是你们这些"理工男"！大家纷纷点头！最后我总结：看来有一点是共识：留心美的事物，思考美的本质，有利于审美能力的提高。大家纷纷点头。

周五中午与 14 位我名下的研究生在"泰山情侣居"胜因院 22 号聚餐。一位专门写过胜因院文字的同学分享了其独特之处，随后同学们还参观了"房主"周一良夫妇的图片和著作，考察了这幢小楼的坡顶结构（高低错落 10 个坡顶）。已经毕业的两位同学深情回忆了清华园中印象最为深刻的去处。大家见面之前，我曾提出了聚会主题为"清华美"，并且把前述 8 位同学的美学随笔作为参考资料。因此，在几位同学就此发表了感想之后，我请一位同学给大家"提升美学理论"，因为他本科是哲学专业。他开口便说"美是经验"而不是美学理论，随之用清华建筑和古典音乐（他是清华交响乐团低音提琴手）进行了阐释。

美是经验。清华园丰富的人文和自然景观，为同学们提供了体验美的众多机会。"清华十二景"就是典型体现：王国维纪念碑，西南联大纪念碑，故居，胜因院，建筑，老校门，雕塑，园林，校河，植物，景观石，地质之角。对每个景观的欣赏和交流，都是在增加美的经验，而到了课程结束的时候，通过美学理论阅读，自然会进行归纳，就美的本质、美感的原因和培养等进行思考，形成本书所收集的一篇篇美学随笔。丰富的经验带来深入的思考，这也是我个人的经历。在清华园 6 年，每日在微信朋友圈晒美图；开设"清华学"课程 6 个学期，与年轻人仔细感受清华之美，增加了美的经验和思考，也形成了若干篇美学随笔。

不仅如此，我还明显感觉到，美是需要分享的。微信朋友圈的点赞扩大了美的影响，让朋友们快乐；同学们的讨论唤醒了美的意识，让年轻人进步。在此过程中，我也更加快乐和进步。为此将这些美学随笔汇编成书，和更多朋友分享。本书就是清华大学本科生通识课程"清华学"师生撰写的关于清华之美的文字。

杨国华

（2020 年 12 月 26 日星期六）

第一篇

美谈

美是什么？这个问题恐怕问得有点过于宏大，宏大到几个世纪来的哲学家和美学家在这个问题上都无法达成一致。或许根本不必为美划分种类吧，美就是美，就像酸甜苦咸一样，是再自然不过的感受。

美的交互

美是什么？这个问题恐怕问得有点过于宏大，宏大到几个世纪来的哲学家和美学家在这个问题上都无法达成一致，有关美的解释不一而足。倘若我们诉诸最朴素的情感，诉诸个人的体会，也许我们能给出一个答案的轮廓。

美是一种客观存在的属性吗？我想答案是肯定的。如果美的特质不是客观存在的，那为何看到落日余晖，晚霞拉出七彩的云朵时，大家会一起驻足留下影像？为何行至荷塘，且听虫鸣鸟啼，看荷花含羞，人们会发出嗟叹之声？美的概念也许是抽象的，但美却是事物客观存在的一种属性。美的事物映入眼帘，人们会在心底最深层次的那一块区域找到一丝悸动与共鸣。看到晚霞、彩虹、方亭与月色，人们会不约而同地获得美的感受；这种感受不需要动用渊博的学识、不需要多么深邃的阅历，即使是牙牙学语的小朋友，也能道出一二，如此，美一定是客观的。荷塘是美的，美是和谐统一；理科楼是美的，美是对称协调；红叶流水是美的，曲径通幽是美的，无论你如何抽象出这一个个美的形式，你总归能在"美"的事物中找到一些共性。或许根本不必为美划分种类吧，美就是美，就像酸甜苦咸一样，是再自然不过的感受。从这个角度，它就好似原野上奔跑的羊群，不需要任何的点缀，那股感受自然而然就从心底生出来了。

那片荷塘

但凡此种种，似乎并不能诠释美的全部特质，将美说成是人类的一种原始感受，总归有些说不过去。试想，王国维纪念碑为何是美的？西南联大纪念碑又为何是美的呢？故居、二校门、各种建筑……它们的美，真的只来自它们为我们带来的原始感受，真的只来自它们的对称、和谐、统一吗？显然经不起推敲。由此，美似乎又是主观的了。在我们不知道这种种历史与故事的时候，它们当然也是美的，但那种美却是它们自身带有的特质，虽然引起了我们心底的共鸣，但我们很难将其称为全部的美。纪念碑的美，更多地来自它们所承载的历史，那股厚重感穿越时空，让我们与时间对话。故居的美，又似乎来源于它们历任独特的主人，我们通过审美的过程，与曾经的大师进行了对话。同样地，在我们沿着校河漫步，畅谈自己最喜欢的角度的时候，我们作为不同的审美者也产生了交流，美似乎得到了升华。由此，美似乎来源于交互。这种交互，可以是人与人的交互，乃至人与社会的交互，甚至是人与自然的交互。月是美的，洁白如象牙，圆润如玉盘，这种美是原始的。但我们读了诗词，再看月时，月变成了家乡的象征。在这个过程中，我们完成了与自己的阅历、与前人的诗作、与高悬的明月之间的交互。这种美，是经过我们以及他人主观加工过的，是一种人的美。在这个交互的过程中，我们得到了美的感受。这也就是审美的过程，是主客观融合的过程。至于奇石之美，那就更来自人的主观判断了。我想，只有完成了这种交互，美才是完整的，才是我们真正"到场"了的。

美是什么？让我一个外行用千字的随笔就完全阐明，显得有些像天方夜谭。但既然美是人的感受，那么我们对美的感受起码会有些许共鸣。或许，这也是美的一部分。

闫子儒

正确的审美

我之前从来没有接触过"美学"这个词,"美"一个单字日常中经常用到,但是加上一个"学"字,就变成了具有哲学意味的学科。在谈美学之前,我也去查了不少资料,了解一下这个我之前乃至以后都无法再触及的学科。

美学是德国哲学家鲍姆加登于1750年首次提出的,是研究人与世界审美关系的一门学科,也就是说美学研究的对象是审美活动。而审美活动是人的一种以意象世界为对象的人生体验活动,是人类的一种精神文化活动。美学属哲学二级学科,需要扎实的哲学功底,它既是一门思辨的学科,又是一门感性的学科。美学与心理学、语言学、人类学、神话学等有着紧密联系。

但是,什么是美呢?美学的研究对象是审美活动,但是我们又经常说,每个人的审美都是不同的。从古到今,从西方到东方,对"美"的解释是复杂的。如古希腊的柏拉图说:美是理念;中世纪的圣奥古斯丁说：美是上帝无上的荣耀与光辉；俄国的车尔尼雪夫斯基说：美是生活；中国古代的道家认为：天地有大美而不言；而一本《美学原理》则告诉我们美在审美关系当中才能存在，它既离不开审美主体，又有赖于审美客体。美是精神领域抽象物的再现，美感的世界纯粹是意象世界。

胜因院

经过这次课程的学习，我对清华的美有了更加深刻准确的印象，见到了之前没注意到的地方，对原来常去的场所背后的故事有了更多的了解。第一次见到"母育子"奇石时，看到它的体型及上面的花纹图案，不禁感慨大自然的魅力。在去周一良先生故居时，是我第一次踏入胜因院，看到那些精致的小楼，也算是我上此课的收获。在上此课之前，我就喜欢大礼堂，清华学堂，老校门。在看了同学们写的文章以及相关资料后，我才算一个合格的审美者，原先的我只能说这个很美，我喜欢这里。但现在我可以更加专业地解说这里。

美，在不同人看来可能是不同的，而且同一个人不同时间看来也可能感觉不一样。英语课上看到过一个短片，同学们对艺术的概念含糊不清。同样，我们也不好对美给出一个恰到好处的解释。我们能做到正确的审美即可。

高翔天

美是神奇的存在

美是什么？一种视觉？一类感受？

从古至今，美早已渗透进生活中的方方面面，它没有具体的定义，也没有特殊的限制。一个人长得好看，我们会说美；一处风景宜人，我们会说美；一件事获得认可，我们也会说美。它是抽象的，因时而异，因地而异，因人而异，没有任何一种说法能够充分解读"美"。

从视觉听觉来看，美给人的感受一般总是舒适的。课堂上我们参观了清华众多景观，它们中的多数总能在视觉上给我们冲击，沉浸在秋色下围绕以红叶绿树下的校河、形态各异又各有特色的雕塑、景观石以及各种风格的建筑物，都在用不同的方式向我们诠释什么是美。触目所及每一处风景总是会让我们心情愉悦，仿佛沉浸在这些地方能让我们舒心，这也将美从一种外在因素转向了内在感受，从视觉、听觉转到感觉。所以说，美学跨越了很大的领域，是一个很大的概念，我们也只能从狭义的角度讨论。

外在美是我们较为容易接触到的，而内在美往往需要具体认识与感受。生活中不乏这样的例子：一身好看的皮囊下，裹藏着丑陋黑暗的内心。好看是美吗？是，当然是。人们追求美，追求快乐，烽火戏诸侯，不正是希望博得美人一笑吗？追求美的过程中，也总有些人会着了魔、乱了心。当然，我们都知道，光有一身好看的外衣是不够的，人美心不善，在时间的考验下迟早会原形毕露，遭人唾弃。所以在更多的情况下，我们更看重一个人的内心是不是美的。"始于颜，敬于才，合于性，久于善，终于人品"，这是人们许久以来都认同的欣赏一个人的标准，五个短句，可以说，每个标准都是一种美的体现。所以，评价一个人，我们更看重的是内在之美。

美是一个复杂的概念，对人类历史的发展，它做出了巨大的贡献，没有人生下来就趋向"不美"，人人都想朝着美好的事物靠拢，这种追求卓越、追求完美的心态也在时代的更替下愈演愈烈，在时代的考验下，社会也因此越来越进步。

到如今，也没有一个人能具体参透美，它不仅是多样的，更是可变的。时间、角度、立场的不同，都能得到不同的美。而每个人心里的尺寸，或许连他自己都不能确定。美，就是这么一个神奇的存在！

余发涛

朦胧的美

1750 年，德国哲学家鲍姆加登第一次提出了"美学"概念，人们第一次开始理性地、系统性地思考"美"，将人们生活中这一再熟悉不过的现象用理性的方式描述出来。

在鲍姆加登的年代，美学被称为"Aesthetic"，即感性学。人对美的认识是来自感性，而感性的基础便是人的感觉。视觉、触觉、听觉、嗅觉都可以给人带来美的感受。坐在荷塘边的长椅上，可以看到山水园林之美，可以触摸到湖边栏杆的雕刻之美，可以嗅到塘中荷花的清香之美，可以听到竹林中的鸟鸣之美。这些美的感受都是基于人的感官从外部物理世界中感受到的。从生理意义上来讲，感官在接收到这些外部的视觉、触觉、听觉、嗅觉刺激后，在大脑中产生了一种愉悦的、美的感受。许慎在《说文解字》中将"美"字拆解为"羊大为美"，我们的祖先或许是在味觉上品尝到肥羊的鲜美后创造出此字，这不失为美与人的感官密切相关的又一例证。

然而仅仅有了感觉并不是感受到美的充分条件。面对同样的鸟鸣声，在路边散步休闲的行人可能觉得悦耳动听，而正在做英语听力的同学也许会觉得吵闹。这说明美是受人的主观感受影响的。作为客体的鸟鸣声对两人的感官产生了基本同样的刺激，但是两人当时的心境明显不同，因此得到了不同的感受。所谓感性的"性"正是体现于此。有了感官产生了的刺激之后还需要经过大脑中极为复杂的处理后才会产生出"美"这种感受。可见美这种感受其实是十分复杂的，受很多因素影响的。

上面从"感官"以及"感受"两个方面来谈"美感"，主要是从生理的角度。"美学"作为哲学的一支，在我的理解中是超越美感的更为宏观的层次。抽象为哲学概念的美学研究人与世界审美之间的关系。作为一个典型的工科男，我对"哲学"常常望而生畏。经过了一学期"清华学"的学习，从园子里的景致中感受到了不同的美，也从这些美中对美学有了一些粗浅的认识，在此想和大家一同分享。

贝尔纳曾说，美是发自内部的光。这里"发光"的便是作为美的客体，即审美对象。这也揭示了美学中的一个基本共识，即美感的产生要求审美对象在客观上便是美的，是康德所说的"质"的层次。客观上的美包括人类从先天获得的美学体验以及人类社会经过长期发展总结出的美的经验，是具有共性的。一个未经世事的婴儿也许会被悠扬的钢琴声所吸引，这是美可以先天获得的例证。来自不同国家的人在观看了北京奥运会的开幕式后都赞不绝口，这说明美可以超越国家与民族的界限，成为全人类的共识。根据生活经验，美的客体一般具有协调、规律、周期、对称等特点。大礼堂外形的对称、山花的周期变化、几何元素的协调统一，都是人们共同的审美要素。相反地，具有很强随机性、混乱、无序的事物很难成为一个美的客体，用贝尔纳的话来说便是这些事物没有从内部发出光来。我想内心再细腻的人也无法从聒噪声中感受到美吧。

雕塑之美

朱光潜在《谈美》中写道，自己的内心不美的人就无法真正认识美和欣赏美。这就涉及美的第二个层次，即对审美的主体提出了要求。在欣赏雕塑的时候，我能从"人间天使""后羿射日"中感受到美，而由于相关知识的缺乏，却很难从"生之欲"中感受到美。但是雕塑家们却能够从这个雕塑中感受到生生不息的力量。"美"带有很强的主观性，也正如一千个读者心中有一千个哈姆雷特。

　　美学中的第三个层次为主客观的相互融合。高中在分析古诗词的时候，经常说到的一个概念叫作情景交融，或者叫作寓情于景，正是描写出了审美过程中的主体与客体的互相融合，达到了超出审美客体本身的一种境界。面对西南联大纪念碑，我想在我们面前的不仅仅是一块石碑，更是一段鲜活的历史，让人对先辈们的事业肃然起敬。面对胜因院，我们的眼中不仅仅有一座温馨的小洋房，还有屋主给我们带来的种种思考。面对校河，我们眼中不仅是一条寻常可见的小溪，更多的是我们在清华的日常。在审美的过程中，我们丰富了自己的阅历，增加了自己的体会，也产生了情感的共鸣，我想这正是美给我们带来的最重要的东西。

　　王尔德曾说，美是天才的一种形式。美很难用语言描述清楚，但是美带来的感受却是真实存在的。这种存在与模糊的矛盾，我想也是"美"本身的一种朦胧之美吧。

　　　　　　　　　　　　　　　　　　　　　　　王浩宇

属于自己的美

今天上了"清华学"这门课的最后一课，依然是收获满满。回想这学期所观赏过的事物，并思考美究竟是什么，我想，我还是有一点自己的心得的。

首先"美"这个字的含义在百度百科里面是这么说的：本义指漂亮、好看。"美"除了表示具体事物的美好外，还用来表示抽象意义，如形容一个人品德高尚称为"美德"。美好的事物往往给人愉快的感觉，所以"美"有令人满意的意思，"美"有时也作动词使用，指赞美，又指使其漂亮。

说到美，大多数人大概都会想到漂亮吧。例如，如果我被突然问道："你见过什么比较美的事物？"我第一时间一定会想到漂亮的花朵，漂亮的风景，漂亮的人，这是我们对于美最为直观的感受，也就是看到某个事物，你会感觉到它会带给你一种特殊的愉悦感，这种愉悦感是非常自然的、非常纯粹的、没有后天因素的。而这样的对于美的感知，我想是个人应该都会有，这是一种与生俱来的感知能力。但是，这种美只是一种最为粗浅的美，因为它不涉及任何你对这个事物的其他印象，就仅仅是纯粹的感受而已。这是美感的第一层。

但是在我们的生活中，很多对于美的感知并不单单是这么纯粹的感受而已。回想之前在清华园的游览，第一节课我记忆犹新。那次课，我们来到了王国维先生的纪念碑前。当时也聊过，如果不是这次课的学习，我可能会永远把这块纪念碑当作一教后面的一块稍大的石头，对它也不会产生任何美的感受。然而，在了解了王国维先生的人生经历之后，在对王国维先生的成就感到尊崇与敬意的时候，我就能从这座纪念碑上看到先生当年作为国学研究院四大导师之一兢兢业业教学的场景，就能为他无奈自沉感到一阵阵的痛苦与惋惜。这种对美的感受必然不可能是天生就有的，一定是在对某一事物有一定的了解之后，或者结合自己的人生阅历以及自己当时的感受所产生出来的美感。相反，如果有一个女人，长得很漂亮，但她的心肠很坏，你还会觉得她美吗？或者在你人生失意的时候看到一束美丽的鲜花，你可能会觉得它的盛开仿佛是在嘲笑你的失意，你还会觉得它很美吗？因此，美并不只是客观的存在，更是一种主观的感受，并且会由于不同的情境发生不同的变化。这是美感的第二层。

最后，我认为美感还有第三层。那就是对于美的思考，找到属于自己的美。我认为，不管怎么说，美都是一种自己的感受，他人认为的美，你自己可能就不觉得美，那么就必须附和他人也跟着夸一句，我也觉得很美吗？当然不是。实际上生活中有很多细小的事物，都有着自己独特的美感，甚至每天熙熙攘攘的学堂路前盛开的一朵小小的鲜花，都有可能带给你美的感触。因此，也正是应了那句名言，生活中确实不缺少美，而是缺少发现美的眼睛吧。我认为，只要我们多去发现，多去寻找，美就无处不在。

姜　锴

主动的美

美是什么？从古至今，无数的哲学家、美学家一直在探讨这个问题，《说文解字》中说"羊大为美"，美来源于人们的感官享受和愉悦，康德认为一种可以让人产生纯粹的无利害愉悦体验的东西，可以称为美。

哲学家尚且没有定论的"美"，我也不想去深究其定义，只谈一些自己的理解。我认为，"美"是出于自己先天或后天的经验、评价标准、欣赏方式，对美的客观载体产生的一种感官和精神上的愉悦体验。

美是需要客观载体的。美源于客观存在的事物，并不是凭空而来的。美的载体，可以是线条简洁、古朴典雅的一根立柱，可以是色彩与明暗都恰到好处的一幅画，可以是造型奇特引人思考的一块石头。大到一座山、一条河，小到一朵花、一片叶，都可以是美的载体。美，源于客观存在的事物，并不产生于人们的凭空想象。

那只小鸟

美是人们对事物主观上产生的愉悦感受。美的产生，是人们对美的载体产生的愉悦感受。这种愉悦的感受，可以是视觉上的，可以是听觉上的，也可以是嗅觉上的。就像看到蓝天白云，就像听到一声鸟鸣，就像闻到阵阵花香。这种愉悦的感受，可以是从人体雕塑的肌肉线条之中感受到的健壮有力，可以是从园林与建筑之中感受到的和谐自然，可以是从沿着栏杆盘旋生长的爬山虎之中感受到的生命活力。

对美的评价标准是因人而异的，理解美的能力、审美能力是需要后天学习的。看待同一个事物，有的人能从中体会到美感，有些人则不能，每个人的思维方式不同，对美的评价标准也不相同。对美的评价标准虽无高下之分，却有雅俗之别。对美的理解是需要后天学习的，就如人们对绘画、音乐等艺术美的理解和欣赏，它不是人们先天具有的，是需要后天去学习、去训练的。

美是需要我们去主动发现的，"生活中不是缺少美，而是缺少发现美的眼睛"。它就像远看是有近看却无的浅浅绿色，需要我们去生活中细致地捕捉。审美是分为被动和主动的，被动的就像是一种被别人强加给自己的愉悦，主动的则是出于自己细致的观察，细腻的感受，主动得到的一种快乐。

陈弘一

延拓与美

"美是什么"这个命题过于宏大，也过于复杂，以我之浅见，尚不能得出结论。但在此，我还是想探讨一个较为重要的话题，那就是"延拓"在美的感受形成之中的作用。

"延拓"，在我这里，即是观察赋予对象本身的意义。不可否认的是，美的感受因人们认知的不同而产生差异：对同一幅油画，某些人可能为其美而倾倒，另外一些人可能觉得平平无奇。而之所以认知的不同会导致这种差异，是因为不同的人，基于认知的观察所赋予对象的意义是不同的，也就是说，他们的"延拓"是不同的。

在校河边行走的时候，自然想到郁达夫对北国和南国秋的一番评价："南国之秋，当然也是有它的特异的地方的……可是色彩不浓，回味不永。比起北国的秋来，正像是黄酒之与白干，稀饭之与馍馍，鲈鱼之与大蟹，黄犬之与骆驼。"又想起欧阳修的"夫秋，刑官也，于时为阴；又兵象也，于行用金。是谓天地之义气，常以肃杀而为心"。

我是北方人，自然觉得肃杀的秋才是真正的秋，而且这样的秋才是更美的秋。很庆幸，在此和郁达夫先生达成了一致：肃杀是秋之美的重要元素。但是为什么呢？肃杀在其他人的眼中（比如某些文化环境下的人），正对应着美的反面，正像有人不喜欢中国园林的太湖石一样；为什么在我们的眼中，肃杀反倒是美的呢？大概是我们身处的文化环境的陶冶，让我们在肃杀之中，延拓出了文人悲秋的雅致。

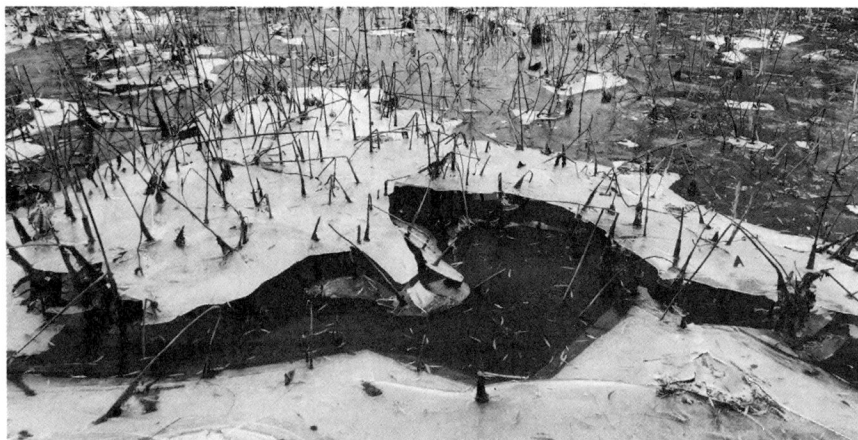

凄·美

　　参观雕像时，我又联想到了艺术中的一些"延拓"。现代绘画中的一种流派，通篇是色块，但是我这样的门外汉也看得入神。单就内容来说，它并无可取之处：色块如果仅仅是色块，那还有什么可看？但色彩的调配，几何图案的构造，让我想起春天，想起自由与奔放，甚至还有哲学的思考……几乎可以说，我的"延拓"构成了我感知到的美的绝大部分。同时，对于类似普罗米修斯这样描述苦难的雕像，我们感到美（大多数时候是悲壮的），更不是因为苦难本身（很少有人觉得单纯的受苦是美的），而是因为我们将奉献、伟大等品质附加于其上，使其拥有被审美的可能。

想起谈这个话题，是因为老师的一席话：艺术的美，正来自它的多元，每个人的理解有可能不同。正是在这种意义上，在美的舞台上，内容本身退向幕后，而"延拓"——观察赋予的意义，在明显地走向台前。

张鹤龄

斯为美

如果说人类在价值判断领域真有什么共识的话，那"美的东西是好的"大概可以归属其中。但是，这种共识实际上是十分脆弱的，因为我们对美的判断不同。那么，我们能否为"美"下个定义，仔细研究其内涵和外延，在审美活动上也取得共识呢？

在我看来，为美做严格定义，无异于研究永动机——是一项伟大的事业，却注定失败。

其伟大性自不必多言，一旦我们研究清楚什么是美，我们就能明白什么叫主观，我们就能把它教给机器人，就能掀起一次真正意义上的人工智能革命，会极其深刻地改变全人类的生产生活方式，会使生产力产生几何级数的提升，左右地球甚至是宇宙的未来。

但是，我认为这是不现实的。进化心理学领域有一个著名实验，研究者将一些成年男子被汗浸透的 T 恤衫分置于玻璃瓶中，让一些女子分别去嗅各瓶中的味道并选出自己最喜欢的。实验结果十分惊人。

女子们所挑选的最喜欢的味道，往往来自那个与她们的基因相差最大的男子。这个实验充分表明，审美多样性是与基因多样性紧密相关的。正因为人类对基因多样性的需要，我们才会在漫长的自然选择的过程中保留并发展了审美多样性。审美绝不仅是纯精神的活动，它实际上是为人类的生存和繁衍所服务的。

由此可见，所谓"美是主客观的统一"的定义不仅狭隘，而且毫无意义。可能正是因为美的概念如此地基本，我们才没办法用更基本的概念去定义它；可能正是因为美如此接近生命本身，我们才没办法用生命的语言去描述它。想要像孔子一样断言"斯为美"，实在是一件太过困难的事情。

张云泽

慢慢欣赏美

美是什么？美学大师朱光潜曾说："慢慢走，欣赏啊！"我想，美就是两点，一是慢下来，二是去欣赏。

在清华园子里，最奢侈的就是慢下来。不去追赶课时、追赶绩点，在优秀的学子里想挣脱出竞争的圈子是很难的。而美往往藏在闲暇之处，当有空暇时间才能够在园子里仔细探寻，去找那静静的荷塘，去看大礼堂，去寻那一块块景观石、一座座纪念碑。课余时的我们或许不知疲惫地奔往图书馆去赶下一门作业，或许"逃离"校园，去寻找更新奇的去处，而自然的美景早已被遗忘在脑后。在慢下来的时候，人们仍避免不了去追寻"快"，更快的信息更迭、更多的新兴产业、更多的娱乐方式，而最原始的自然的美却逐渐被我们忽视了。追寻美就要放慢脚步，调整生活的节奏，庸庸碌碌中会失去对美的发现，"慢"才是发现美的契机。

慢下来是为了发现美，而体会美还需要欣赏。美是一种主观感受，是事物与意识的契合而带来的体验。所以美的体验离不开审美。一千个人眼中有一千个哈姆雷特，对美的认知是难以规范的，但是我们要培养对美的认识与感悟，让美成为生活里的调味剂，而不仅仅是看过后被尘封的记忆。欣赏美的事物，带来的不仅是感官上的愉悦，更多的还有精神上的富足和自我修养的提升。书中对于各种美的欣赏，人们都有自己的见解，但认识美的过程都是自我主动的理解与体悟。对油画的美的欣赏，对其色彩以及构图的见解，都是个人思想活动的结果。对于大礼堂的设计，有人关注石柱的挺拔，有人关注三角山花的美丽，也有人欣赏其对称的构造设计。这些都是对美的欣赏，是自我感悟后将美内化为自己的理解。

正如康德所说："美是不凭借概念而普遍让人愉快的。"没有千人一面、千篇一律的美，美是由自己定义的，是一种自我的感知。慢下来，慢慢欣赏，美就在你我的身边，你我心间。

周令惟

美是不可言说的感动

看过园林看过风景，看过雕塑看过建筑，我们时而会感觉到心灵的触动，时而却茫然无措，不明白这么一个物件有何可欣赏的，我们也不止一次地发问，到底什么是美，但似乎我们也总是简单地以一个主观享受作为答案敷衍掉了这个问题，再无深入的思考。但事实上，美的思考是有必要的，这会更加启发我们的审美，提升我们的情趣，让我们不会因为凡尘俗世的纷乱丢失这一份份美的心动。所以，我们要更加深刻地认识自己对美的理解。

美归根到底是主观的感受，是因人而异的，不能够像科学一样找寻一个普适的标准。这就是不同人审美的差异所在，但这种差异产生的原因就引发我们对其好奇，审美是怎么形成的呢，是我们先天所带有的特质吗？我想答案是否定的。作为一个还没成年的、对自己童年的记忆还有些残存的小青年，我自身的体会告诉我审美几乎是后天环境的熏陶与他人的教育影响所获得的，因为我清楚地记得我甚至在上小学三年级时还会认为所有的明星长得都一样，也没有美丑之分。当然这很大程度上和当时的观察细致程度有关系，但事实上，虽然我们更多关注审美的感受形成过程，也就是建立在相同的视觉成像的基础上，我们却不能否认审美本身就是一个与观察的细致程度和观察的侧重点有很大关系的过程。即使面对一个很简单的审美对象，在关注点上也会有很大的差异。而这种不自觉的侧重与忽略，与其说是一种审美习惯，不如说是一种自然，它是我们之前的经验、经历、所受的熏陶所指向的必然结果。所以审美是个性化的体现。

高尚的审美情趣会使我们的心灵变得善良而充满爱，会使我们善于发现生活中的美，使我们的生活变得更加充盈和灿烂。美没有高下之分，审美情趣的提升是心灵的感性化。

我并不明白美的最终含义，但我似乎又不是那么想明白了，因为我觉得美之所以美，就是因为它的不可名状，就好像感性之于理性，之所以给人心灵的触动，就在于它不是冷冰冰的说辞，而是不可言说的感动。

石家豪

美学与美育

　　曾有耳闻康德哲学中对美的批判哲思，也曾拜读过朱光潜先生关于美学的一些文章与论断，更是在某次高中的考试中接触过美学与美育的作文考题。但我仍然觉得那扇大门似有若无地透露一丝光芒，于是我叹息，美学的门槛真高啊。

　　给美的欣赏设置门槛，是我一直以来在内心隐隐抵触或者不认同的一个行为。将美上升到一种理论，确实需要人拥有一定的知识储备或相关哲学认知才能进行系统的探索；但是欣赏美，即我们所说的"审美活动"，是不需要门槛的，或者说，是不应该设置门槛的。不是所有人都能面对晚霞、飞雁写出如王勃一般的"落霞与孤鹜齐飞，秋水共长天一色"的千古名句，但这样的场景能让每个人都受到心灵的震撼与沉思。尽管有欣赏不了自然之美的人，也有欣赏不了人工造物之美的人，但不妨碍他们在各自喜爱的领域得出自己的审美感受。

　　在我的观点里，需要明确的是，不能将美与纯粹的感官快乐等同。比如，在快手、抖音上的"土味视频"能给许多人带来感官快乐，但它们不能被称为美。这并不是说美或者审美活动有"高低贵贱"之分，而是在阐述一个区分：美能带来长久的愉悦，感官快乐只是水面的浮萍。美给人带来的愉悦，部分时候也会表现为单纯的感官快乐，但这并不是把它们混淆的理由。在仔细去探讨感受时，你就会发现，美带来的愉悦是可以直达心灵深处的，而不是像那些"土味视频"一样随手划走就轻飘飘地不见了。

我最直观地感受到美带来的愉悦与震撼的一次体验，是在香格里拉。当时我在虎跳峡景区，还是夏季，江水奔涌而来拍打在岸边礁石上的声音澎湃激昂。我和同行的朋友什么也没说，倚靠在栏杆上，静静地聆听这声音。在一些不能欣赏自然之美的人看来水就是水，石头就是石头，有什么美的，但在我看来这样的声音与景象组合在一起，就是金沙江的美所在，是虎跳峡的美所在。这样的美是直达我的心灵的，是难以用语言描绘出来告诉别人的。

但我今天还想说另外一个重要的概念，叫"美育"。通俗来说，就是"美的教育"。蔡元培先生就十分赞同并且大力提倡"美育"。他说："美育者，与智育相辅而行，以图德育之完成者也。"意思就是"美育"可以和"智育"相辅相成，促进"德育"的养成。只是据我观察，可惜的是，现如今大多数中小学教育仍然将"智育"放在首位，有些学校将"智育"塑造得很好的同时，也并没有把目光投向"美育"的身上。其中原因不难理解，无非是现行的考试制度下，分数的衡量标准需要学校培育学生的智力。然而，"美育"的养成其实不需要像"智育"一般投入大量的人力物力和资金设备，它甚至只需要教师在课上的一两句点拨，实践课上的一两次发现。因为审美活动是不需要门槛的，我们看小朋友写的诗，会惊讶于他们对现实世界纯粹的感受与观察，进而能将它们诉诸笔尖写下浪漫的诗句。童话带来的美就是一种美，小朋友澄澈的心灵也是一种美。可是人们总是想方设法去破坏这种美，过早地让小朋友知道利益权衡与所谓的"真实世界"，这对"美育"而言是极大的破坏。

美学背后固然有艰深的理论等待大家了解，但审美应当是不需要设置任何门槛的。"美育"也是亟待完善与促进的。

陈颖思

美是感觉

平日里便极爱美的东西。路边的一片树叶、一朵野花，或是许久未见的一抹玫瑰色的晚霞，都常常让我心中泛起阵阵涟漪，忍不住发出一声"真美"的赞叹。但到底何为美？我们又是如何感知到美的呢？真正细想这些美学问题，才觉微旨大义，深为叹服。

人们大都赞同将美感的产生总结为主客观之统一，此处便包含三点要素：主体、客体以及两者的联合互动。主体即是指人，只有存在有意识、有感觉的人，美感才有生长的土壤，美才能得以表达。客体是指引发人们美学感触的各种事物，不论是名字名画、建筑雕塑，还是名山大川、万里星河，这些现实事物构成了美的物质支撑点，也在实际上打开了美感的阀门。最后，也是最重要的，是主体与客体的联合互动。杨老师在论述中国园林之美时曾引入"移情"的概念，其实任何美感的产生，又何尝不是主体移情于客体的结果？有些美，是因为某一事物正好砸中了心头那处对美感虔诚的认同，因此你觉得美；

而有些深层次的美，则是因为所遇之物勾起了过去或深处所念，情感的洪流滔滔不绝，美的感叹便也如破堤之水般涌上了心头。虽说一浅一深，但两者都离不开主客体的互动。只有客体之雨露恰中主体感受之萌芽，美感之花才能灿然绽放，并以最独特的姿态盈盈而立。

　　关于美是否有客观标准的问题，似乎众说纷纭，各持己见。但我认为这个问题应该具体分析。美当然是有客观标准的，否则美学便变得毫无意义。拿绘画举例，画作的色彩、构图、内涵甚至是所处环境，都有客观的、可直接表示和说明的标准，并且这些标准也得到了人们感觉的认同。就算是一些更抽象模糊的美，也并非就无法找到与之对应的客观标准。但如果在感悟美的过程中过分强调这些客观标准，那么美感将变得毫无意义，因为那不过是机械套用的公式化产物，缺乏心灵碰撞的真实感触。有位同学曾说，对待美，"我们只需要用一双最纯真的眼睛去看，用最稚嫩的手去触摸，用一颗好奇的心去体悟即可"。我深以为然。美，关乎更多的是感觉，我们不否认美具有的客观标准，但有时脱离客观标准而用心去感受美、触摸美，便会在不经意间得到满涨的触动。

　　以上不过是我的几点浅识薄见，毕竟未曾真正钻研过美学，所言便是杂乱无章，不成体系。也希望通过以后的生活体验及知识学习，对美学、美感能有更多深入的思考与见解。

王　霞

心里美

有关"美"的定义可走的角度实在太多，古典主义、理性主义、启蒙主义、康德对美的阐释……诸位先哲的各种术语把我搞得云里雾里，我最终还是将自己归类于不怎么地道的"经验主义"——美是愉快。

愉快的定义实在太宽泛，但于我而言，心下舒畅、眼睛眯起、哼起小曲儿的瞬间每一刻都缤纷难得，当我因为健康愉悦的情绪畅快地"哈哈"时，还管什么定义广泛不广泛。

那就去寻找美、寻找愉快吧！是的，美而愉悦的享受不会自己送上门来，我们须得为寻找它们而付出时间与精力，但这个付出的过程又何尝不是收获美的过程呢？充实而简单的行动旅程本身也在闪闪发光啊。在我看来，美不只是视觉上的享受，五感都可与美进行亲切的交流与互动。美可以是风物，当然也可以是情绪。我们应当用眼去看，用手去触，用肌肤去感，用心去体悟。正所谓花香人美风也暖，我的心情美滋滋。

老校门

我在二校门欧式门楼上三个汉字的历史厚重感里感知美，在自然风光与人文提炼的完美结合里感知美。当看见美好事物时我心底涌起愉悦感受，当因为劳动收获时我弯起眉眼与嘴角……

美的感觉我知道！当或温润或震撼的情绪让我的胸腔隐隐酸胀时，我便知道那是我身体原始的本能在提醒我珍惜那时那刻的美。

沈文萱

超以象外，得其环中

美是什么？这个问题一出，估计每个人都有自己的答案。以我之见，无论怎么说这些答案都是对的，也都是不对的。一方面，美不受任何人或标准的定义，是极其自由自在的概念；另一方面，既然这是自由的，我们便无法用自己的想法去度量他人的观点。总而言之，私以为真正的美并不是外在的任何事物，现实上"美在人心"。

在生活中，若是你看到一丛开得正好的鲜花，你觉得美，但我认为这美也许有九分是你心里的美，也许你今日心情尚佳，瞧着这花儿也是动人无比。若是哪一日，你心里有无数的苦闷，面对同一丛花，你的视线可能会不由自主地转移到花下的野草落红之上，这时"不美"便有可能占了大头。如此的例子并不罕见，初入园子时，我每每路过荷塘便不禁感叹，这一片枯败的荷叶有什么看头，实在是由于过分期待夏日"映日荷花别样红"，对面前的败叶竟生出了几分厌恶之情；但是又在一日路过时，看着落日余晖下的秋日荷塘，我心里突然仿佛领悟到了几分"留得残荷听雨声"的奥妙。

其实"自古逢秋悲寂寥，我言秋日胜春朝"并不只是存在于古诗之中，这样的差异真真切切地发生在我们的生活中，发生在我们每一个人身上。美是需要被欣赏的，一双善于发现美的眼睛，一颗善于欣赏美的心灵，这才是真正的美。试问，美景若是少了人的品鉴欣赏，其"美"又如何显现？由此可知，作为观景的人，我们面对美景，更需要从精神层面上去与之发生共鸣，得到心理层次上而非单纯视觉上美的享受。

朱光潜先生曾在《谈美》一书中说"慢慢走，欣赏啊"，也许在这里，慢下来的不仅是脚步，更是一颗欣赏的心。

黄世云

美是一种情思

说到美，我的脑海会出现一连串的联想。典雅的老校门，庄严的大礼堂，芙蕖莲叶相映开的荷塘，溪流潺潺绕校园的万泉河……毫无疑问，它们都是美的，都能给人以美的感受。再迟钝的人，经过这些地方，都会情不自禁地大声说一句："真美呀！"

是的，美就是一种直观的感受。对美的体悟，无需理由，也没办法解释。如果真的想破脑袋、如同解题一般，去思考一件事物美的原因，那么美的意义就荡然无存了。因为美真的只是人们的一种情思，便如同人对亲人的想念、对爱人的依恋，是一种十分直观的、纯粹的情感。

当我们看到一些美的事物时，可能由此及彼，联想到其他的事物。在我看来，这是美的触动。因为美的到来，心灵变得充盈，也就变得丰富多彩，不禁想要探索其他的美了。

感知美，首先需要认识美。美是主体与客体进行情感交流得来的，因此，要认知美，首先要看到美的存在。"世界不是缺少美，而是缺少发现美的眼睛"——世事繁忙，我们常常行色匆匆，恨不得脚下生风，以求快点把事情做完，却也因而失去了慢下来的机会，失去了观察周围、发现美的机会。在"清华学"的课堂里，我逐渐学会慢下脚步，在纯净的自然中，找寻自己喜欢的痕迹。

美，是人的一种情思，它微妙而美丽，在世俗的尘埃里，开出一朵花。感动周围的生命，是它的可爱之处。

冯　翔

美是不可名状的

关于美，我的观点在我之前写的另一篇《所以它不可名状》中可能就已经有体现了。

在我的观点里，美是不可名状的。所以我很赞同王尔德的那句话——美是天才的一种形式，实际上还高于天才，因为美不需要解释。

我曾经说过："无论我们怎么分析一种事物的美，怎么分析我们为什么觉得它美，在我们看到它的第一眼，美丑的评判就已经在心里了。那个不断变化、不断成长的审美观，在某一时刻就是定住的，那时候主观超过客观，感性战胜理性。"我现在仍旧持这样的观点。尽管我们能够用各种确切的术语，如和谐、饱满、色彩等，去描述一个物品怎样怎样美，但是在看到那个事物的那一刻，我们的思维里是没有这样的过程的，我们会很直观地感受到它是美的，或者不怎么美。

但是我这样说并不是否定了美育的意义。因为审美这个东西太过主观，又会随着时间、随着环境的变化而变化。就像我很久之前喜欢一个本子，觉得它特别好看以至于一直不舍得用，但是过了很久之后，我再看它，我丝毫不觉得它美了，甚至觉得它有点丑陋。而这并不只是发生在个人身上的事情，整个时代、社会时时刻刻发生着这样的变化。像是唐朝时以胖为美，又或者所谓的那种"时尚是个圈，十年一轮回"。审美是在不断变化的。

这就为美学教育提供了理论基础。但美学教育并不是直接针对人们的审美观，并不是旨在把人们的审美标准相统一。因为审美是主观的，没有确定的评判标准，如果尝试统一人们的审美，这实际上与钳制人们的思想无异。

真正的美学教育应该是引导，去启发人们发现美，锻炼人们寻找美的自主性。这是值得提倡的。我们上新生导引课也是这样。我们看同一个事物，会有着不同的感受，会从不同的角度去看。而在交流之后，我们会知道别人的看法，会知道从其他的角度去看问题，这种思维的拓宽也是一种隐性的美学教育。

接受美学教育在这个时代是很有必要的。随着时代的进步，人们的生活范围已经大大超出了单纯的物质追求，精神生活的重要性增加了，而美学教育就是我们获得更好的精神生活的途径之一。

叶　静

美的渴望

恰好英文经典阅读课上学到爱默生，他的《紫杜鹃》中有一句引起了我的兴趣：if eyes were made for seeing, then beauty is its own excuse for being.(假若眼睛是为了视觉而生，那么美则为自身存在的理由。) 在他眼中，美指向自然，指向上帝，指向那个圆满而至上的存在，以至于美本身成为自己存在的理由，不假外求。美是一种永恒的形式，在现实世界中以各种各样不同的质料存在，可以是被鸟雀以音显形，可以被森林的寂静表达，可以被艺术家以绘画、雕塑、建筑、剪纸、音乐等各种创作承载。人高于自然界中的种种生物明证之一，莫若于你我能识别美。

美除了被自然展示作用于我们的心灵，还可以被创造。一个艺术家在追求美的没有尽头的路上狂奔、求索、迷失。《月亮和六便士》中终日沉迷于画家梦想不惜背叛自己已有生活的斯特里克兰德说："绘画，就是一场血与肉的厮杀。"这些天真无畏的艺术家耗费自己大把的生命，只为寻找接近美的道路。

　　美与理性相互纠缠，无休无止。感受不完全受限于理性，康德认为感觉中存在永恒的先验的部分，且这部分超越了个体，存在于大众的普遍心灵，而美属于这一部分。可是美同时又不满足于确定的绝对律令，而在不同的人身上留下不同的感受，不为普遍理性所认知。美，如刺目的太阳，令哲学家也难以厘清其本质，视之目眩神迷。

黑夜与鸟

　　"宇宙以其不息的欲望将一个歌舞凝练成永恒，而这欲望有怎样一个人间姓名，大可忽略不计。"对美的渴望自人开化之日起便不曾终结，于是某种特定标准下的美常常再现。它以怎样的形式成为照亮过你我短暂生命的一段弧光，带来怎样的感动，便是接下来值得我去探寻的命题。

李曙瑶

美不需要解释

美是天才的一种形式，实际上还高于天才，因为美不需要解释。

——王尔德

一、需要解释的美是他人的美

《说文解字》从字源上批注"美"，把"美"上下拆开，解释成"羊大为美"。

近代研究美学的学者，认为"羊大为美"，指的是人类最初吃羊肉的快乐。"美"这个字，是起源于人们自我的感官和感性认知的。

当我们欣赏一座建筑的时候，有人在一旁阐释，我们会不由自主地走进他的思路中，在他设定的框架下去理解这座建筑。这个时候，我们已经脱离了对美的本来认知，因为这种美不起源于我们的感性认知，而是别人眼里的美和别人的观点。

所以我认为一个成功的设计会让不懂设计的人也能感觉到它的

美，虽然我们可能不能明确地表述、理解它的每一处设计。

罗兰·巴特曾发表过这样的观点：文学，或者说一切艺术作品中，我们总是在没完没了地阐释、解读，大谈特谈它的内容，它的思想，它所承载的意义，它所追求的表达。而这些在罗兰·巴特看来都不是最重要的，他认为艺术作品中最重要的永远是一些质地上的东西，也即其媒介的质感。如拿文学举例，那就是它的语言（文字）本身，这些语言是如何直接作用于你的感官和精神体验。

今天我们太过重视理性，太过重视解读这个东西背后的东西，设计也好历史也罢，都是我们的理性思维，而美这个东西应该回归感性本身。"Sensibility"这个概念在中国比较陌生，尚无通行译法。"感性"虽然不够理想，但我很喜欢。它的不完美赋予了它力度。设计师佐藤可士和在接受 GQ 日本版采访时说："日本人的感性的分辨率很高。"细腻的感性是设计师最宝贵的品质，而感性拒绝解释。当你赞叹日本的和服时，你就感受到了这种感性。

二、需要解释的美是小众的

作为一个大众消费品，或者说作为一个给大众看的建筑来说，如果需要一些高端知识（即超越了大众的平均认知水平的知识，比如一些专业的建筑学理论，一些深奥的理科推导，一些晦涩的公式图表）才能看懂的话，这就不能称作美。固然我非常认同要对一个事物有全面的了解，但是对于大多数领域来说，要想真正理解、真正懂得一件事物，是需要长期、专业、刻苦的训练的；而对于一个普通人或者非专业人士来讲，让他们理解这些事情是需要很长时间的，而我们不可能有时间去了解这些专业知识，所以我们的审美从某种意义上来说就是不完整的而且也没办法完整，只有在这种情况下依然能够被大家认为是美的东西才是真正的美。

比如，今天我们很少有人了解 iPhone 的内部设计，底层优化，但是这丝毫不影响我们使用时的快感和优秀的交互体验，我们总不能要求所有的人都理解了这些东西以后才能使用手机吧！固然理解这些东西以后我们会对它的美、它的卓越有更加深刻的认识，但是让不了解这些技术的人也买了 iPhone 才是苹果真正的魅力所在——它让我们无须懂得专业知识就能体会到它的魅力。

产生美的过程或设计本身必然充斥大量的专业、选择、测试，但是作为审美者，我们无须了解这些，了解了反而干扰了自己对美的判断。只要设计师明白什么是"不对"的就可以了：这个字间距不对，这里的导航栏设计"有问题"，那个按钮的比例"错了"……而作为普通人的我们，仅仅看到最后呈现出的排版效果不是更好吗？难道还要去了解每一个参数是怎么设置的吗？另一方面，这些所谓的专业最终极的目的，不也是呈现出美吗？所以我们只需要用一双最纯真的眼睛去看，用最稚嫩的手去触摸，用一颗好奇的心去体悟即可。

需要情感的美我个人不认为是这个事物本身的美，这种因为时间而产生的美本质上已经并不是这个东西本身所带给你的感觉了，而是你自己的经历、生活、情感所带给你的感觉。比如，有的人在一个教室待久了就会感觉到美，其实并不是这个教室变美了，而是因为你一想到这个教室，就会联想到你在这间教室中的点点滴滴，辛酸苦辣，世事变迁，所以你觉得很美，这种美的感觉来源于你自己的经历而非事物本身。

最后，我以一段台词做结，《出租车司机》里是这么说的：

"晚上能和我约会吗？"

"……啊？为什么？"

"因为你是我在世上见过的最美的姑娘。"

美就是这样无法解释……

去阐释，就是去使世界贫瘠，使世界枯竭——为的是另建一个"意义"的影子世界。阐释是把世界转换成这个世界。我们要去除对世界的一切复制，直到我们能够更直接地再度体验我们所拥有的东西。

隋　鑫

美的感知

昨晚的课，令我印象最深的一句话是：美，在人情，亦在物理。我想，当美由内而生，无法道明时，正是人情；当美可以说清，变成一种客观的评价时，便是物理。二者相辅相成，并不矛盾。

我是一个偏感性的人，因而在思考时更倾向于去看问题感性的一面。当情感与具体的事物相联系，我们会将自己的经历、想象和了解融于客观的事物中，让它不再仅仅是我们所看到的样子，而更多地包含某种与我们自己有关的印象。这时生出的美，是一种只与我们自己有关的美，或许旁人无法理解，但它仍旧是美的一种形式。

《小王子》中有这样的一段话：遇见她之前，她与这世上千千万万的玫瑰并没有什么差别，但因为我曾浇灌她，曾陪伴她，曾与她成为朋友，她便成为这世上独一无二的玫瑰。

也许，那朵玫瑰很平淡无奇，但对于小王子来说，她却是最动人的。你无法用花朵的颜色、味道、形状等客观的评价体系来表现出小王子看到的那样一种美，或许能解释的，唯有人情。

同理，一座建筑，周遭匆匆的过客或许都不会注意到它，但对于熟悉它，甚至生活在其中的人来说，却因情感的投入而觉得它亲切、美好。

事物是客观的，但评价事物的人却是有血有肉的，对美有一种完全客观的标准也是不现实的。做一个内心柔软的人，去因印象而受感动，因感动而生出美的体验，如此这般，无可厚非。

我写这篇文章绝不是在否定一种理性、客观的对美的评价。只是想说，客观之余，生活需要一些温度、一些印象来感知那些被忽视了的美，去尊重旁人眼中对美的感知。

田润卉

美是奇妙的事物

"美是什么？"这是一个非常"哲学"的问题，就像"我是谁，我从哪里来，要到哪里去"一样的"哲学"。我知道我可能说不清楚，所以我迟迟不敢下笔，不过有感于这几次讨论所学到的东西，我还是打算与大家谈谈我对"美"的一些理解。

在我看来，美是主客体的统一。简单点说，美是一种客观存在的事物（客观性），但是美的表达依赖人的意志（主观性）。其实中国在20世纪50年代的时候也曾就美的本质是什么、美是主观的还是客观的这个问题进行过非常激烈的讨论，一直到80年代人们也没有得出确切的结论，不过"美是主客体的统一"这一观点逐渐为人们所认可。我没有仔细了解他们争论的过程，不过这一观点是我确确实实赞同的。接下来我分两个方面来阐述我对这句话的理解。

第一，美是客观存在的事物。打个比方：一束鲜花，一位漂亮的姑娘，一座雄伟的建筑，不管人们是否感知，三者都是客观存在的美。就这三者本身而言，它们是完全不同的事物，但是在这三种事物中又存在一个共性，即美的共性，也就是说在这三者中共同存在一个事物——美。

清华学堂

再打一个比方，墨菲与丹纳在为清华建造清华学堂和大礼堂之前必定会先构思一个美的布局，在他们的脑海里模模糊糊地知道美这个事物是什么样子的，所以他们才会往这样两个建筑里加入美的元素。

还打一个比方，你夏天或者秋天去水木清华看一下，你可以看到绿叶红花，听到水声潺潺，这时我们都会说水木清华是美的，但是倘若是在深冬时节，没有了荷叶荷花，没有了潺潺的流水，你会说水木清华不美了吗？当然不会。为什么呢？因为你早已默认美是一种客观存在的事物，它不会因时间、地点而改变。当你在一个特定的时间或地点认为美不存在时，只是因为你忽略了美的存在，不能说明美不存在。"世界上并不缺少美，只是缺少发现美的眼睛"说的就是这个意思。

"天地有大美而不言"，美存在于天地、万物之中（即美普遍存在于大自然中），它是具体事物的组成部分，不过却不能脱离具体事物而单独存在。

第二，美的表达依赖人的意志。这或许是大多数人都可以理解的，因为一件东西美还是不美都是由人来评判的。但这句话却不能理解为"美是主观感受的"，因为日常生活中我们所说的美其实是我们对于某一种事物所产生的美的感觉，这样的美（的感觉）是经由我们的经验、知识加工过的美，并不是"美"最本来的样子。

康德曾用"无目的的合目的性"来阐述美是什么，不过倘若按康德的思路走下去，以带有主观色彩的"合目的性"去评判美的话，美自然就变成主观的了。这样一来现实中许多美的事物都解释不了。其实就我的理解来看，康德说"以经验领域的知性概念来把握本体领域的问题，就必然陷入二律背反"这句话的时候已经隐隐接触到美的本质了，因为以现象世界中的一组对立的概念——主观、客观是不能解决美是什么的。只有消除这些对立，认为美是主客体的统一，上述的问题才能得到解决。

"是因为事物让我们感到快乐，所以它们漂亮；还是因为事物漂亮，所以会让我们感到快乐？"关于美是主观的还是客观的其实就和这个问题差不多。不过说到这儿我还想插入另一个更加实用的观点。

美的本质是什么不重要，重要的是我们所进行的审美。确实，探讨美的本质是什么非常重要，不过，这却不是我们应该去思考的。于我们而言，重要的不是美是什么，而是从生活中得到审美的体验。看着荷塘月色与朱自清来一次精神夜谈，坐在水木清华遐想连篇，还有"母育子""太湖石"，甚至是有点争议的"牡丹石"，这些都能给我们美的体验。至于康德关于纯粹美和依存美这些与我们大众审美相差甚远的理论不懂也没关系。

美是一个奇妙的事物，从生活中发现美，以美来塑造完美之人格，并坚持以美的眼光来看世界，势必会让我们获得不一样的体验。朱光潜在《谈美》的开场话中说道："在这个危急存亡的年头，我还有心肝来'谈风月'么？是的，我现在谈美，正因为时机实在是太紧迫了。"

即便明天即将迎来我的第一次期中考，我还是有这样的心情来和大家谈谈美，大家也是一样，这体现了我们对美的坚持、对美的探求、对美的热爱。

邓浩鑫

情感的美

美是什么？

我们看到一样东西、一个景象，会知道它是美的还是丑的，然而要讲出美是什么，怕不那么容易。

苏格拉底问美诺，什么是美德，美诺举出了男人的、女人的、老人的、孩子的美德分别是哪些，但苏格拉底要求他讲出的是美德到底是什么，而不是美德有哪些。恐怕这和我们现在的问题有些类似，美是什么？我们知道美有哪些，也能判断一个对象是不是美的，可是说不出美到底是怎样的。

在几次外出考察中，奇石"母育子"的美是什么？荷塘的美是什么？围合空间、下沉平台的美是什么？大礼堂、清华学堂的美是什么？而我们为什么会觉得它们美？对清华园里不同的景物讨论许久之后不约而同地指向了"美是什么"这一问题。自然地，我们需要一个答案。

康德说，美是普遍愉悦的对象，是不带任何利害的与人内心理性相契合的东西。这话说得太高端，作为一个还不懂理性是什么的人并不能很好地理解美的这一定义，并且也不十分赞同。然而康德在《纯粹理性批判》中所谈到的经验主义似乎点燃了我思想的火花。

就我来说，我们能够判断一个对象美不美，就是基于我们已有的对世界的认识，也即：美是我们以已有经验为导向而对外界事物所给出的主观的认知。一个初生的婴儿自然无法理解艺术中的那些美，就是我们普通人也难以体会凡·高的画为什么被认为是有极高价值的美，然而一个艺术家却能和你滔滔不绝地大谈特谈米开朗琪罗的艺术成就。而艺术家可能有先天的艺术细胞，然而能够在美学上有极高造诣必然离不开后天在社会中的经历，对世界的认知。显然地，对于没有经验性的事物，我们是难以认知其美的，甚至难以判断它美不美，因而美是必然与经验有密切关系的。

简而言之，美是一种主观的感受，这一感受是对客观事物做出的一种肯定性的回应，也即客观在主观上的一种积极的、正面的映射。

关于美的普遍性，这不绝对。人的文化差异、学识高低，甚至不同时间的心情都影响着人对事物的认知。有的人就认为一样东西不符合他的审美，你不能就说他一定是错的。比如某一地区受到当地文化的影响，有着某些偏激的认识，但这种认知在那边就是符合普遍认知的，美也是这样。

另外，如果说只有纯粹的无利害的才是美，那么美就不存在了。风景随心，都说江南风景太美，可江南美景在构造上能有多美？究其原因，怕还是余秋雨在名篇《江南小镇》中提到的："江南不仅是江南，还是许多人梦境的发生地。"人们将想象、将心放在江南，于是有了阳春三月、草长莺飞、山水画一般的美江南。情感的美才是深彻人心的，也是最难以忘怀的啊。

邓明鑫

美是人类永恒向往的

　　"美"实在是一个博大的概念，它太丰富、太容易引起众人的争论，以至于我谈及"美"的时候，心中都带着一份虔诚、一份敬意。经过最近几次课的学习，我对美的理解渐渐地增多、深入，也有了自己的思考。

　　如今的我，在被别人问及"美是什么""什么东西是美的"这样的问题时，首先会联想到的大约便是和清华园有关的事物了。

　　景昃鸣禽集，水木湛清华，荷塘边的跌水平台上跃动着闪着阳光的水花，朱自清先生的雕像置身于层层叠叠的荷花中，山水之景和亭台楼阁组成一幅绝美的画。分布在校园各处的三峡石、太湖石、"母育子"、硅化木等奇石，纹理、造型和色彩各具特色，点缀着本已博大美丽的校园。理学院的下沉广场和围廊在校区西部营造了让人陶醉的学院风格。由远及近观察大礼堂，你会被它融合了古希腊和古罗马风格的魅力所吸引，站在汉白玉门柱下，愈发觉得大礼堂的宏伟与自己的渺小……

　　按照康德的说法，"美是不带任何利害而令人愉悦的东西"，他这里所指的美是纯粹的美。纯粹的美固然存在且令人神往，但是，我们时常提到的"美"，其实大多是掺杂了个人的知识、情感和目的，而这便是"依存美"。

　　显然不可否认的是，大多数情况下我们对于"美"的界定，其实已经不仅仅局限于康德所说的"纯粹的美"了，这是一个基本前提，也是一个客观事实。

秋阳银杏

　　美因时而不同。举银杏树为例，最近二校门所对的清华路上，两边的银杏树叶纷纷变黄了，落下的叶子铺在路旁，阳光照耀下闪着金黄的光，这种美让人有一种仿佛时间凝固了的震撼感。而在春夏的时候，同样的银杏树则是郁郁葱葱的，绿色的林荫给人骄阳下的庇护和清凉，放眼望去感觉十分舒畅。秋天和夏天的银杏树的美，难道不是因为时间而不同吗？在碧空万里的晴天远看草坪对侧的大礼堂和在雾霾天看大礼堂、阴雨天看大礼堂，三者所触发的美感是不一样的，这大约也是因为美因时而异。

美因人的心境和情感而不同。朱光潜先生在《谈美》中提道："美之中要有人情也要有物理，二者缺一都不能见出美。"诚哉此言！美感的触发固然需要实物载体的存在，但它也受审美者心境、情趣和情感的巨大影响。面对春天的花草和鸣鸟，身处动乱之中的杜甫没有产生美感体验，却发出"感时花溅泪，恨别鸟惊心"的悲吟，这不正是因为心境影响了人对于美的体验和接受吗？同样的道理，"情人眼里出西施"不也是因为人的主观性影响了对"美"的理解吗？这正如上周课上助教学姐说的——"美的事物本身是客观存在的，但感受美却是主观的"。

美是人类永恒向往的。美感体验的产生，其实直接原因并不是为了陶冶性情，但是却往往有着陶冶性情的功效。在"清华学"课程的学习过程中，我们前所未有地接触了关于美学的内容，对于美的探求和思索或许刚刚处于起步阶段，但对美学的学习却极大地开拓了我们的视野，活跃了我们的思维，也让我们带着更浓厚的情趣去看清华园、去学会怎么更好地生活。

傅　森

让我们自己去定义美

对我这样一个从小被灌输实用性知识的典型理科生来说，对美的思考一直在我内心的排斥范围之内。面对这个问题，我一直采取一种逃避的态度，因而自己也从来没有对美有一个清晰的认识，就像我只会用雄伟、高大之类的词来形容建筑，用鲜艳、清新之类的词来形容花朵，用温馨、宁静之类的词来形容月夜星空，我不喜欢用美这个词。

或许是因为我在它面前的无知与畏惧，让我与它之间有了一道不可逾越的鸿沟。然而，人不能总是一成不变，大课上白老师就说过，也许现在我们觉得这些没用，但是等到了 30 年之后就会发现，之前的思考是多么有先见之明。就如同我选择了在今天戴上围巾和手套去迎接刺骨的寒风，我与美必须交谈一番了。

我想自己敲这些文字的确是有一部分迫于作业的原因，但是从此刻开始，我逐步踏入内心的世界，开始在我对美的理解的地基上添料施工，构建自己的美的大厦。它的意义远不止我会完成一次作业，更在于我开始面对之前自己一直躲避的东西，这又何尝不是一种成长呢？对美的思考，就这样从我对自己看待美的态度的反思开始。

我不敢说大众的审美应该是个什么样子或者审美的现状又是什么样，我想说自己是如何对待美的（暂且就把我以前认为雄伟的、高大的、鲜艳的、清新的、温馨的、宁静的东西看作是美吧——这些词语仅仅是我为了逃避美而选择的替身）。

鉴于大多数人还停留在不能用成熟的语言来表达自己的想法的阶段，因而几乎所有的普罗大众都不得不承认自己的审美是建立在经验主义上的——我们从小时候开始就逐渐接受一套具有一定普适性的对美或不美的评判标准。我觉得这种普适性是人们不断总结出来的，虽然它在一定程度上也可以表述成是普遍愉悦的对象，但这样的标准评价出来的美绝不是纯粹的美，它与理性主义下的美是截然不同的。

就像我们在水木清华看到树青水静，会不自然地觉得内心愉悦，但这种美我们不得不说它不是直观的——因为我们不能解释如果它是直观的话，那么它与水面上的垃圾构成的对比关系又是从何而来。也许在不断的总结和思考中，人们发现自然就是比人类制造的更能够勾起一种愉悦舒适的感觉，于是自然便被赋予了"直观的美"这一标签，人造的就相对地变成了一种不太那么直观的美或者干脆就被人们划分为不美的一类。

然而在康德对美的定义中，能令人愉悦的而不带任何利害的东西都是美的，这就颠覆了垃圾在人们心目中的恶心形象——这种形象的由来是带有利害的，是你了解垃圾是脏的、无用的废弃品后所得出的结论。也就是说在某一个维度上垃圾也具有美的属性。于是我就产生了一种困惑：既然在康德的定义下很多美都不能被普遍接受，那么这样的定义又如何称得上是良好的定义呢？又或许这根本不是一种定义，而是康德的臆想？但何以这样的臆想（如果是的话）能够造成这么深远的影响，得到这么多人的承认呢？也许这也正是我不理解或者不愿意接触美学的原因，它的研究不能拿到现实中去实践、去检验，也不像是总结现实得来的，那么，它又是通过什么来研究的呢？它研究的意义又在哪儿呢？

种种困惑得不到解决，我开始觉得或许这些问题本来就不是为了要追寻答案而诞生的，我应该重视的是如何发现更多的美、更优质的美，寻找某种美与自己内心呼唤的契合点，在审美的同时加入思考以及如何让美的东西在自己脑海中留下更深刻的印象等等这些优化自己审美体验的问题，而这也必然是一个成长的契机。

既然不能理解纯粹的美和自由的美，何不将普世的经验审美变成自己独有的审美呢？留下自己独特的回忆，拼接自己独特的片段，寻找自己独特的角度，欣赏不一样的美。就像在地质之角沉睡的石头，它们每一块都有自己独特的故事，在这些故事中出现过的人在欣赏这些石头的时候，必然会和那些组团来清华旅游偶然与这些石头相遇的人所体验到的不一样。

我们应该多一些思考，而不只是给眼睛放放假，让身体感受到愉悦。同时，在面对内心的不同声音时，我们也不应该持否定的态度，因为在经验主义的支配下，审美必然是有差异的，敢于提出自己的不同见解，是自我独立意识的体现，也是对自己审美观的认同，即对自己的思考方式的认同。这些思考也许更贴近我们的现实生活，它不能解决什么是美的问题，但是能让我们从理论研究的束缚中解脱出来，给我们自己一个宽松的空间，让我们自己去定义美，去发现美，去完善美，最后也是提升自我的过程。

李旺奎

美有千般万种

美有千般万种。大漠孤烟是一种美，小桥流水也是一种美；鹰击长空、鱼翔浅底是一种美，万籁俱寂、曲径通幽也是一种美。美的内容是如此丰富，似乎只能为它增添新的内涵，而难以摸索其外延。美是如此崇高而亲切，朦胧而真实，值得一生去溯洄从之、溯游从之，值得作为一生的理想寤寐求之。

今夜独自在灯火下执笔写着文字，向窗外望去，树木在灯光下分为两半，一侧在风的摇动下浮动着点点黄光，一侧与无边的黑夜融为一体。鸟儿已不见了踪影，可能早已睡熟了吧，夜里冷，树上的鸟儿们可别着了凉呀。

一场秋雨一场寒，十场秋雨要穿棉。天气一日日转凉，道路两旁的树叶也嗅到了寒意。还记得那一日骑车于园中游览，忽然便发觉前一日还葱郁的银杏树，已开始飘起了黄叶。小小的叶子像把小扇子，又像鸭蹼，将道路铺成一片金黄，闪着耀眼的光芒。叶子飘到我的头上，飘进我车筐里，给我这萍水相逢的过客留下纪念。

落叶纷飞，化为尘泥，是积蓄，也是重生。其实我还未曾感受过这般美丽的落叶景象。在故乡，江南水乡落花的印象是更为深刻的。暮春三月，春天的脚步已快离开故乡的土地，常是在不忍相离的泪水化作的春雨中，芳华纷飞，漫天成雪。"满树玉瓣多傲然，江南烟雨却痴缠，花飞雨追一如尘缘，理还乱。"

比花飞更浪漫的是于花雪中撑伞徐行的江南姑娘。低头弄莲子，莲子清如水，水土育人，而江南的女子在这青山绿水涤荡下，比那深邃的湖水还清澈。而那采莲女则是被历朝歌咏。"莲动下渔舟"中的娇羞，"尔其纤腰束素，迁延顾步"的回眸，如清水出芙蓉，而比芙蓉要更美。

怎么又想起了故乡呢？今年没有了我的故乡是什么模样呢？说来又觉得可笑，四时轮回，天行有常，与我在或不在又有何干？但还是有些不同吧，在故乡与父母提着袋子打枇杷，放干水塘收大鱼，搬出火炉、三双手互相抚摸紧握，那比炉火更暖的温度……故乡的家人，你们还好吗？今夜月色如水，流入居室，你们此时是否也和我一样沐浴在月光里呢？"又疑瑶台镜，飞在青云端。"就让我以月为镜，看看你们，看看故乡吧。

笔停。

灯灭。

月明。

人安。

与美共眠。

梁志龙

超以象外 得其环中

超以象外，得其环中，方可称其为美。

美就像魔方，变幻无穷；美又像大隐者，高深莫测，令人捉摸不透；但它又极为平常，司空见惯，处处、事事、时时都存在着。一次回眸，一帘旧梦，一把心伞，一夜春风，光阴的岁月里，有了清浅的欢愉，或许，这些都是美的，凡应天地之造化，顺神灵之善意者，无论山川秀水，青草红花，万物皆为美！

一、何为美

从自然界到人类社会，从物质到精神，从艺术品到非艺术品，无论是"母育子"还是"擎天柱"，美是无处不在的。但究竟什么是美？很难有人说得清楚，因为这是一个非常复杂的问题。二百多年来，中外的美学家从文学、艺术、道德等多个领域、多个角度对美进行了探索、研究，并为它献出了毕生精力，然而至今也没有得出一个公论。

古希腊哲学家柏拉图曾说"美是难的"。

在老师的讲述中，我大致了解了康德美学理论的基本概念，相比康德高深晦涩但体系化的论述来说，朱光潜以直观的实例和直白的表述将理论性的学问清晰明了地呈现给读者。朱光潜提出："美感的世界纯粹是意象世界，超乎利害关系而独立。"

康德从合目的性的角度解释美，朱光潜从实用的、科学的和美感三种态度解释美，指出同一事物的形象会根据人的性格和情趣发生变化。三种态度的对比便使美感的本质明了地呈现出来。实用的态度即利用环境维持生活。科学的态度即抛开自己的成见和情感去探求真理，是客观的、理论的。这两种态度都是由所见事物引申开来，所得事物不是独立的，而与其他事物有着千丝万缕的关系。而美感的态度只专注于事物本身，不对其进行外延的联想。"注意力的集中，意象的孤立绝缘，便是美感的态度的最大特点。"正如在聆听音乐时，聆听者脑内是并不产生画面的，而只是专注于音乐本身，旋律的流动和节奏的律动会带给身体一些刺激和反应。同时，美感经验常伴有移情作用。

在简单了解了二者的美学观点后，我认为美就是：超以象外，得其环中。要见出事物本身的美，我们一定要从实用世界跳开。美和实际人生有一个距离，要见出事物本身的美，须把它摆在适当的距离之外去看，即"超以象外"。艺术是主观的，都是情感的流露，故只有"超以象外"后，才能在内心得到康德所说的愉悦感也好，朱光潜说的意向也好，即"得其环中"。

二、美是主观的

《辞海》里关于"美"的解释中就有：指味、色、声、态的好；才德品质好；善事、好事。《说文解字》从字源上批注"美"，把"美"上下拆开，解释成"羊大为美"。"羊大为美"，指的是人类最初吃羊肉的快乐。"美"这个字，是起源于人们自我的感官和感性认知的。

无论从我国对美的传统解释来说，还是康德、朱光潜给出的"愉悦""意向"：一个是感官上的认知，一个是感性上的认知，一个是头脑中的概念，不可否认这三者都是主观的，故以我对美的理解，美应该是主观的。

从自己的实际体验来说，在面对"母育子"的时候，多数人认为这是美的；但在面对六教前的奇石时，却有了不同的观点。大家大体处于相同的认知水平，大家也都没有什么"利害"关系，但就有很多人认为它是不美的，同样的直观观察，却得出了不同的结论，不恰恰说明美的主观性吗？

古人不是有"仁者乐山，知者乐水"的名句吗？这正是审美主观性最生动的写照。"情人眼里出西施"更是把审美的主观性刻画得"入木三分"。这些都是说，对同一事物，审美者之间理解的不同所产生的审美差异。唐代和颜真卿齐名的又一书法革新大家柳公权，融合欧、颜诸家笔法，自出新意，创造出瘦劲挺拔的"柳体"。他的字点画瘦硬、方圆并妙、结构谨严、字开修长，看上去很美。但宋代大书法家米芾在他的《海岳名言》中却批评柳公权说，"柳公权师欧，不及远甚，而为丑怪恶札之祖。"米芾书习晋人，因此提倡晋人的自然天成的书风，特地将自己的书斋取名为"宝晋斋"。他曾说："草书若不入晋人格，□徒成下品。"这是米芾的审美心得，他的主观意志。他认为柳公权的书法不美，是以晋人的书法作为审美标准的。他要求书法的美必须入"晋人格"，不然就是"下品"，就不美。

朱光潜先生也有类似的阐述，他对美感、快感、联想的关系进行了清晰的区分，他说："美感不是快感，快感是为了满足生理需求和实际生活需要，而美感则专注于物体本身，其特点在于观赏形象，美感经验是直觉的而不是反省的，如果自己感觉到快感，我便是由直觉变为反省，好比提灯寻影，灯到影灭，美感的态度便已失去。"显然，这里朱先生强调的"直觉"而非"反省"也是对美感的主观性的阐述，它起源于"第一眼"的直觉，而非理性的"反省"，而每一个人的直觉难道不带有主观性吗？

三、美的欣赏和艺术的人生

可能是我对康德的体系了解过浅，康德对于美的创作和人生的内容我还不够了解，而朱光潜则在论述了美后着重谈到了美的创造问题和美对艺术人生的影响。

就美的欣赏而言，如前文所述，朱光潜认为"美感起于形象的直觉"。美的欣赏类似于"柏拉图式的恋爱"，是无所为而为的欣赏，而不是去占有。他从欣赏的目的出发，指出美感的态度的本质是非功利性的、纯粹的欣赏。

关于艺术的创造，朱光潜提出其雏形来源于游戏，受到想象、情感、格律、技巧、模仿、灵感的影响。但游戏是单一的，所表现的内容在旁观者看来也许并无头绪且无法流传，但艺术要通过内容和形式的融合传递给后世。

朱光潜认为"谈美"实则是"谈艺术与人生"。艺术是美的创造，人生则需要创造美；人以艺术表达对美的人生的想望与追寻，艺术则反哺人，润泽、滋养、壮大、丰富人的思想与情感，使他得愉悦，得充实。也只有这样，我们才不会简单地将《谈美》看作介绍美、美感的普及性知识读物。归根结底，知识只是人生的副产品，或者说，知识只是协助我们探寻、感悟人生真谛。

在《谈美》最后一章中，朱光潜提出人生的艺术化这个重要命题，也是他独特的见解。"严格地说，离开人生便无所谓艺术，因为艺术是情趣的表现，而情趣的根源就在人生；反之，离开艺术也便无所谓人生，因为凡是创造和欣赏都是艺术的活动，无创造、无欣赏的人生是一个自相矛盾的名词。"

人生不应该被世俗利害关系牵绊，应该充实自己的理想和情趣，完全"免俗"是很难的，但"'俗'无非是缺乏美感的修养"。因此，朱光潜提倡人们在读过此书后，在对美学有所了解后，能在读某一首诗、看某一幅画、欣赏风景或听音乐时，懂得美感的经验是什么样的，再用美感的态度面对人生和世间百态。朱光潜把建立在审美直觉和审美距离等概念基础之上的美学指向人生艺术化的最终价值目标，甚至把艺术和人生看作是统一的。他告诫人们要对身边的事物留心欣赏，追求欣赏过程中的品位，便是提升自己的美感经验。

作者在收尾论及人生的艺术化，与他在"开场话"中的看法是相互呼应的。作者说："我坚信中国社会闹得如此之糟，不完全是制度的问题，是大半由于人心太坏……要求人心净化，先要求人生美化。"又说："人要有出世的精神才可以做入世的事业。""伟大的事业都出于宏远的眼界和豁达的胸襟。"这些语句因其切中时弊，也因其饱含作者的人生体验，为人传诵。即使放在八十多年后的今天，重温这些话语也让人如遭当头棒喝。多年来有多少人在呼吁国人"停下你的脚步，等等你的灵魂"，都不如阿尔卑斯山谷的那块标语牌温情动人，全无责怪之意："慢慢走，欣赏啊！"

寻美，撑一根心篙，向人流深处慢溯、慢溯，去探索并宣告美的真谛。还是用朱先生的一段话作为结尾：

悠悠的过去只是一片漆黑的天空，我们所以还能认识出来这漆黑的天空者，全赖思想家和艺术家所散布的几点星光。朋友，让我们珍重这几点星光！让我们也努力散布几点星光去照耀那和过去一般漆黑的未来！

隋　鑫

美的普遍性

愿意浅薄地相信美的普遍性来自主观的普遍性而非客体存在的普遍性。

愿意浅薄地把康德的那种纯粹审美判断理解为一种"波动"的共振。

若道花开很美，乃是人心中有着某种与生俱来的，与花开所对应的某种波动同步的波动，他若是接收到了那种波动，便发生共振，美的感觉随之产生。这种波动的存在并非实体，它似乎是超越于我们所能理解的世界之外的某种意志，或者说，上帝，赋予我们所能用感官感受到的客观实体存在的另一种独立形态，它存在于那个实体存在的各种其他形态中。比如说一处真实的风景，它还可以以一幅画、一张照片、一段文字来存在，但这种种存在中有一种共同的形式。这种存在需要用我们与生俱来的那种原始的"波动"来拟合，一旦匹配，发生"共振"，便产生美感了。而这种美感的产生完全是自由的，毫无累赘的，先得的，而非受缚于欲望的满足或是实体的存在。比方说通常意义上评价一件工艺品"美"，会要去评判造型、色泽等等，这个过程可能满足了一部分人的"占有欲"，于是他们给出美的判断并且设法得到它。这便依赖于这件物品的实体存在这一存在形式，所以这样的判断的得出是不自由的，一旦那个实体存在消失或发生改变，这种判断便难以为继，于是这种判断的得出终究还是被这个客观存在所束缚。

但若是在无意的某一刻，突然感受到一种愉悦而没有产生任何的欲望得以满足的那种快乐，比如说偶然抬眼看天，在你的意识尚未给出天空的颜色、阳光的亮度、云彩的形态等之前，你就感觉到一种愉悦，仿佛是这片天空中具有的某种波动和你的意识里的那种波动共振了，让你意识抽离了一小会儿，然后你才回过神来，感叹云彩的各种形状，天空如此地蓝，阳光多么明媚……此后你可能会掏出相机，拍摄下这个景象，发到微信朋友圈，然后期待别人也和你一样给出"美"的判断。若是和你一样心里存在着类似的波动的人，应该也会在那一刻有着和你类似的体验——这种体验的产生不依赖于这片天的存在形式是场景、照片还是绘画。

又如探索真理过程中感受到的美——拿我的专业数学来说。数学确实给热爱它的人（这种不具备广泛普遍性的热爱或许属于之前提到的"与生俱来的波动"）一种美感，数学是如何存在的？这个问题我难以给出回答，它的存在形式似乎完全是游离的，可能是一纸演算手稿，一个抽象的公式，一个奇妙的图形……我们难以捉摸它到底如何存在，但在面对它时就是感觉到某种共振的感觉，它不会给我带来任何利害，但确乎引起了一种难以言说的愉悦。当然，必须指出，数学的发展很大程度上是由工程需要来推动的，在这个意义上它具有明显的目的性而且与社会具有不可估量的利害关系，但这个对象是数学的宏观发展，对于真正研究数学的个体来说，很多时候都不会注意到这些外在的需要，他们所得到的只有那种无关乎利害的纯粹的愉悦感。

而这种情形下审美判断的普遍性的来源，大概是因为人们与生俱来的那些"波动"中的一部分具有普遍性，或需要用心去分析是否合于"真"与"善"。这样的两个概念，我猜测，并不是人所先天具备，也正因如此，这种判断的得出是不自由的，它并不是由我们先天的"波动"库中的某个波动共振带来的，而是与后天补充的新的波动共振产生的；"真假"与"善恶"或许是人在进化过程中创造出的某种准则，它们是我们在成长的过程中学到的某种框架，在掌握了它们之后，我们就多出了一根准绳来衡量"美"。比方说，就"善"产生的"美"而言，这种判断就带有了后天积累的经验，即"怎样的存在是符合善的"，我们会称赞"最美某某"，大抵属于这种判断。也正因在这种情形下要得出美的判断需要先用准绳进行衡量，因此那种本该先于经验分析的愉悦感滞后了，所以这种情形下的美的判断不同于康德的"纯粹审美判断"。

但我相信这样得出的愉悦感也能给出一种美的判断。比如基于"真"的准绳，我会想到写实主义风格的小说、绘画、雕塑等作品，它们反映了社会现实，关注人们的真实生活，有一种朴素的美感；又如基于"善"的准绳，我会想到那些表现人间真情、呼唤积极乐观的作品、生活画面，等等，它们也能给我一种或温情脉脉或热情洋溢的美感。这时审美的判断仍然在于主体而非客体，但却不完全出于主体与生俱来的意志，而是带有后天附加的概念。

这样，也不难大概推测这种审美判断的普遍性来源——大的社会环境附加给人的某种准绳具有普遍性，而这种准绳，我理解为社会的主流价值观，它必然符合社会的发展规律和人类生存发展的需要，具有明显的目的性。

无论感受到美的过程是先得的还是后知的，美都是一种主观的判断。但不同的是，先得的美的判断在乎形式而非形态，它就如同一种波动，与内心的波动发生共振，也没有外在的准绳可以评判，这样美的普遍性在乎先天的主观的普遍性；而后知的美的判断来自经验，仿佛美本身附加在了某些符合准绳的画面或是事物上，我们先判断它符合了后天习得的那种准绳，然后觉得它很美，这样美的普遍性虽然也在乎主观的普遍性，但这时主观的普遍性是有后天教育等影响的。

周　涛

美让人感到温暖

美，真的是一个很抽象的东西。如果不是上了"清华学"这个小班课，或许我不会去认真地思考什么是美，至少现在是不会去思考的。但既然都说起了美，那还是好好谈一谈吧。

刚刚听完助教们对康德的《纯粹理性批判》的介绍，感觉已经没有了自己原有的审美观，满脑子都是"美是不带任何利害关系而令人愉快的东西""无目的的合目的性原理"之类的抽象的美的概念。并不是说我不赞同康德的偏理性主义的审美，而是觉得这样把美上升到科学（虽然说对美的研究不能算是一门科学，只能说是对美的批判）的层次上来，与我们生活中很多的情况是不太符合的。毕竟我们活在世俗之中，我们总会与许许多多的东西有一定的利害关系，而这些关系也难免会影响我们对美的判断。

虽然我觉得康德的纯粹理性主义批判比较高深，但是他提到的那种无目的的合目的性原理在生活中还是比较常见的。比如说，我第一次独自走过水木清华时，看到满塘的荷叶，听到那跌水的清脆声，闻到那后山小径的泥土的味道，抬头又看见那几朵棉花状的白云，我的内心自然而然就会有一种愉悦感，我感觉到的就是美。然而我只是刚刚入园子的新生，对园子的一切并没有很深的情感，况且我也只是第一次来到这里，我和眼前的景物并未建立利害关系，那么按照康德的观点，这应该算得上是无目的的合目的了吧！又比如说清华的数学系和物理系的大楼，我是很喜欢它们的建筑设计的，当时我并不懂它们的设计风格，也不知道它们的历史，也没有进去参观过，但是看到它们时我的内心就有一种特别的感觉，感觉这就是我喜欢的样子，感觉看着它我就是有一种莫名的愉悦感。这应该就是康德所持有的偏理性主义的美的观点了吧！

其实，我们也会有很多基于经验主义的对美的判断，也就是通过对某些东西的相关历史文化的了解，接受他人观点的影响以及一些别的知识从而产生的对美的判断，这时候的判断就很难分清是否为自己的理性的判断了。但是，毕竟美是一个有共通感的东西，所以基于经验主义的判断也很有可能会和基于理性主义的判断相一致。

就我个人而言，很多时候，情感会是影响我对美的判断的一个重要因素，尤其是对一些和我关系比较密切的事物的判断。比如说，今天晚上在清华学堂，我的那把被别人错拿走了的雨伞，当我失去它后，我愈发觉得它美，以至于我感觉无法买回一把比它更美的伞了。可事实是，那把失去的伞只是纯色的，并没有漂亮的图案，市面上有无数比它好看的伞，但是我失去了它，再也买不回来它，所以无论是有什么图案的伞也无法比它更美。那么，我为什么会有这样的对美的判断呢？其实很简单，伞是丢失了，但是我与它的那段情感还在，毕竟它陪我在北京待了几个月，现在却"不辞而别"，我或许再也见不到它了，此时我的内心会告诉我自己，它是最美的。同样的道理，很多人都会在离家之后感觉自己的家乡最美，在出国之后感觉自己的祖国最美，这些对美的判断在很大程度上受了情感的影响。再举一个例子，我们上次看"母育子"时，乍一眼看过去并没有一种很强烈的触动，但是，当我们在老师的引导下去细细研究它的花纹时，当我们各自表达自己的看法、互相惊叹对方的脑洞时，突然发现自己很是喜欢这块石头，感觉它是美的，而且并不仅仅是因为它那美好的寓意。这按康德的美学体系来看，应该是一种后天综合判断。

人总是会有情感的，而我们在对美的判断上有时也会难以摆脱它的影响。或许我们现在并不觉得园子很美，但我相信在多年以后再次返校时，那一瞬间我们必定会觉得园子很美，因为这里有我们青春的记忆。

总的来说，我认为人们对美的普遍的判断是有两种最基本的类型的，第一种就是偏重理性主义的判断，在一种无利害关系的状态下拥有内心的愉悦；第二种则是会受到人们情感认知影响的判断，但这种美会让人感到温暖而不仅仅只是愉悦。

刘　娟

美是一种意识

美是什么？是客观的还是主观的？是永恒的定义还是瞬时的感受？是普遍的存在还是各异的印象？

我想，美是一种意识。

美是一种意识，是客观存在的主观映像。我们眼前看到的是具体的客观事物，这个事物形成某种映像映射在我们的脑海里，与我们本有的对美的理解和印象相互碰撞，当二者相符合时，我们便生出一种"美"的感觉。这种对美的理解与印象既包含生而为人天生即有的感知美的能力，也包含某些被世世代代保存并符号化的美的形式，同样也包含每个个体在生活中的经历与感受。例如，我们看到荷塘觉得它美，有自然而生的因素，我们似乎天生觉得碧叶红花、清池垂柳是美的，即使不用形容，不用描绘，无须说出任何理由，也没人否认它的美。除此之外，我们觉得它美也是由于某些符号化的存在，和谐的色彩、静美的风光被定义为美，它成为一种符号，一种默认。再然后，还有个人的主观因素,这是荷塘,是朱自清笔下的清华园的荷塘,这样的印象与感受让我们在来到这里之前就觉得,它会是美的。

美是一种意识,故而它不是某种冰冷的衡量标准,而是由人参与其中的情感互动。无论是初见那一瞬的心动还是永恒定义的经典,我们由衷地道出"美"这一字眼时,是心底里真真正正涌现出一种愉悦的情感。我们是在不假思索地感受美在一事物中的存在,而不是去考虑再三然后评判这一事物到底美不美。

雪中的红房子

当我们看到大礼堂时,近处是红砖绿瓦,芳草萋萋;远处,天色澄澈,云卷云舒,此情此景,不禁让人会心地微笑,这样的美好令人愉悦。我们只是简简单单地愉悦,不用去想草坪是多么茂盛整齐,不用去想礼堂的建筑是多么匠心独运,甚至不用去想美本身,就这么简简单单地愉悦着,将脑海里呈现的景象定格为记忆里一段美好的印记。也许,在以后的许多年里,这种被符号化了的印记会让我们每当看到类似的情景时，就生出美的感觉。

美是一种意识，由知道到达懂得。我们天生有着对美的感知能力，但这种感知能力各有不同，也可以在后天慢慢培养。就像你不懂得抽象画就不会认为它美一样，有些美需要我们在懂得之后才能感知，或者说，是在懂得之后有更深刻的感知。我们觉得清华学堂美，是因为我们懂得它所承载的历史，它曾见证这所学校由稚嫩走向成熟，它曾见证一代代青年从这里出发，去向远方。百年过去，它仍旧像从前那样，静静地屹立，庄严而温情。因为懂得，它的美显得那么深刻，我们流露的情感，也远远不只是欣愉。这样的美，来得庄重，来得真实。

它很美，不是因为我知道它美，而是因为我懂得它美。

美，客观地存在于我们的主观中，我们在一瞬间感受到美，用更久的时间去挖掘更为深刻的美，最后的最后，所有的印记与感知转化为符号，凝固为一种永恒的存在。它是一种意识，因而我们不是被动地接受，也不是毫无情感地衡量；它是一种意识，因而我们不会让它仅仅停留在潜意识里的一瞬间，而是去升华、潜究美的背后更为深刻的美。

我想，美是我们从来到这世上的那一刻起毕生追求的东西，你主动也好，不主动也好，它就在那儿，它就在那儿……

田润卉

美触及心灵

面对这个哲人大师喋喋不休争论了千年的话题，我未免心虚；利用这个朱光潜先生曾用过的题目，更是汗颜。回忆几次上"清华学"的感受，加上同学们的讨论，我虽然只有一点懵懂的认知，甚至不能用理论化的语言来描述它，但还是想通过一个小故事分享拙见。

远古，莽莽森林里有一个山洞，洞中住着一户人家。这天丈夫打猎未归，女主人哄着小孩酣然入睡。突然，地动山摇，鸟飞兽跑，山洞开始坍塌，洞口已被堵住。是地震！母亲茫然地寻求着出口，可绝望涌上眉头与心头。孩子已被惊醒，哇哇地哭着。母亲突然镇定下来，慈祥地抚慰着孩子。然后她突然想起什么，立刻弓着身子，将孩子护在自己身体下面。万年之后，一位考古队员惊叫："这是什么？"旁边的人围了过来，一阵惊叹：一副弯曲着的骨架保护着另一副小的。惊叹之后是沉默。

游客们来到山脚下，这里流水潺潺，鸟语花香。有人留在山脚赏景，有人继续爬山。来到山腰，这里古木参天，林静山幽。又有人在山腰流连，有人继续攀登。来到山顶，只见云海茫茫，群山隐约。他们都陶醉于自己所在的地方。

美是什么，我无法说清，看了一些文章并不是很懂，听了助教学姐和同学们的谈论，还是纠结。我这里用一些通俗的话讲讲自己的感受吧：美是一种触及心灵深处的东西，但它是人们共同的追求，它的表现形式是不同的，就像人们在山脚、在山腰、在山顶，尽管风景不同，但他们沉迷的是身心的愉悦。很喜欢一句话，上善若水任方圆，美不也是这样吗？

艾海林

美在表达

美这么抽象的东西，有什么好谈的呢？

在我的认知里，美一直以来都仅仅是一种感受而不是具体的物件。我以为，美本身不需要我去做什么，我甚至不必靠近，只要静静地看着，也不需要找出令我愉悦的部分，不必刻意去欣赏。就像之前我在水木清华拍了几十张照片，心里的想法也只是单纯的"好美"这般的赞叹以及把这些照片贴出去，向别人炫耀我对校园的渴望。我以为，这就是美的第一重内涵：分享。

然后，现在的我面对这样一个作文题目，逃不开的是去真心思索一下美的内涵了。这时就要提到之前助教姐姐的课前问题。最令我印象深刻的是关于艺术品的问题。我没怎么看过艺术展览，接触过的艺术品很少，有印象的更是寥寥无几。我见过的更多的是复制品，而它们，不管是精雕细琢还是粗制滥造，都只能被我认定是工艺品。我想我在心底还是认定了独特的不可复制性。我相信，灵感的不可复制性在于得到它的那一瞬间的感动，而一件艺术品的灵魂便是灵感。那么，作为绝大多数艺术品的属性之一，美，怎能是没有灵魂的呢？因此，我相信，美的第二重内涵便是：独特与真实。我坚信，这是最重要的。

但是，灵感再重要，对于一件艺术品，加工的工艺也不能被忽略。绝大多数名画都是要求创作者有极为精湛的画技的。技术虽然是比较浅薄的层面，但是，它也是一个人表达自己内心想法的最直接的媒介。没有媒介，我该如何传达自己心中的灵感？别人要如何走进我的内心世界呢？美是需要表现力的，也就是说，表达，是美的第三重内涵。

说到底，审美仍然是一种感受，我喜欢美的事物带给我的那种愉悦感，我也很享受把美推介给全世界的过程。我以为，对于自认粗鄙的我，这些认知已经足够了。

刘羿铭

美是无关其他

近十一月了，园子里的银杏褪去了绿色，披上了金黄。在清华路上，有各地的游客驻足拍照，为这银杏叶落之美倾倒。按照康德的理论，这金黄的银杏叶引发了游人们的共通感。它对游人来说，没有什么利害，它几十年来生长在这条路上，春天长叶，秋天落叶，遵循着四季的轮回。它不能给游人带来金钱，游人对于它，只是一个过客，但游人看到银杏叶飘落，看到撒满一地的金黄，置身其中，就能感到轻松和快乐，因此，它是美的。

自然界的美，是不需要太多理由的。热带雨林有着生机勃勃的美，大漠戈壁的烈日与风沙有着粗犷的美，海洋蔚蓝辽阔，溪流又宁静恬淡。因为没有功利，没有芜杂，在自然中，处处可为美景，处处皆有美。它客观地存在于这个世界上，被我们主观地感受着。

当然，美不只是客观存在于自然界的，还有很多是人们创造的。在课上曾经有一个问题，你最喜欢的艺术品是什么？艺术品是艺术家的创造，它与自然界的美是截然不同的。自然界的事物，它的存在是客观的，因而它自身并没有太多主观的因素。但艺术品却在一定程度上带了艺术家的情感在里面，因而艺术品是有时代性的。

我欣赏的艺术品并不很多，对它的了解大多来自历史课和学习艺术史的时候。欧洲的绘画，从古典主义到印象派、后印象派，再到现代主义，都有着明显的特征。我们都知道毕加索是一个伟大的画家，他的抽象绘画为世人称赞。但我觉得这些画，真的不美。至少我在看到它的第一眼时，并不是那么愉快。但是，仔细琢磨毕加索画作中的含义，你就会发现，这些画作都非常有张力、个性、想法和深意。有一些人，他们的性格张扬、活泼、叛逆，因而他们看到这些画，可能会感受到愉悦，觉得这些画真美。

每个年代都有每个年代的特点。刚刚进入现代的人们，科技开始发展，生活节奏明显加快，开始追求个性。因而在那个年代，不少人喜欢、推崇毕加索。但是在其他的年代，这种画或许就没那么受欢迎了。所以，在我看来，人们很难排除外在经验的干扰然后获得对纯粹的美的认识。人们从出生到形成对于美的认知，是一个不断学习的过程，也是一个不断受到外界影响的过程。因而我认为，美是主观对于客观的感受。

我最喜欢的画属印象派，最喜欢的画家是莫奈。他的《日出印象》《睡莲》等，都用极其美的颜色描绘了自然。不像照片那样完全地呈现自然，却是将自然色彩的美发挥到了极致。

现代对于美的定义有很多，人们也在纷纷争论，到底什么是美。

是完全的不加修饰，还是有技巧的创作？其实在我看来，自然的也好，人造的也罢，如果能够让人们无关其他的时候，感到快乐，那就是美啊。

曹文潇

美在了我心里

　　如果在开课之初就拿到这个题目，我相信，自己一定会不知所措。毕竟对于我们这些刚刚经历过高考的人来说，只有实用的，对高考有用的，才是正确的。但是我们还有时间，我们还在路上，我们终于在一次次的日中探寻、一次次的深夜探讨中回到了正常的轨道，开始了自己的思考。

　　"古人秉烛夜游，良有以也。"深夜的朦胧罩在漆黑的水面，腾起的雾气更是弥漫在"地质之角"，秋夜初凉，一颗颗火热的心却是紧紧围绕在一起；艳阳天，退去仲秋的凉意，留下了奇石的影子，一辆辆车子来到又离开，赞叹或存疑，来到便一生。水清木华的劲风吹动着柳枝，荷叶弹跳着昨天仅留的水珠，一切都好像在展示自己的美，仿佛朱先生还在那里看着这里美丽的一切。秋已深，火热的心聚在温暖的教室，又开始了那说新不新、说旧不旧的话题。夜已深，屋外的风声不绝，内心的涌动不息，我，也开始思考这个问题了。

现在的我，其实也只有一句话，"美"应该是客观物体在自己内心的真诚折射。美自然需要有物体作为载体，没有实物，却要去谈美，这不过是魏晋玄学的清谈，赵国赵括的纸上谈兵。美需要实实在在地表现在我们面前，无论是否是完完全全的表现。也正因此，美才会有一定程度上的普遍性，否则，只靠大家的想象，而完全不知道到底有什么，是什么，这样的话甚至连想象都无从开始。

但同时，美也是人家内心真实而独特的体验，也正是因此，大家对同一样东西才会有不同的看法。一个人的经历、环境不同，心境自然也就不一样，所需要的审美对象也会有所不同。

如果只有夕阳西下、孤灯夜的凄惨美景，没有凭寄离恨重重的内心伤痛，那些词曲怎么会在跨越千年的时光后，还能使我们感受到那一颗颗滴血的心？如果只有水清木华三月春的美景，没有人生得意须尽欢的内心喜悦，那些诗歌在经历百代的冲刷之后，怎么会还能使我们体会到那海晏河清的宁静？

你说，美在心里，我摇摇头，我说，是美在了我心里。

冯 尧

美让我们放下不快

周一的早上先是混混沌沌地上了一节线性代数课，接着又骑车飞奔到计科楼听让人丈二和尚摸不着头脑的微积分。下课铃响的时候我才意识到，一个早上就这样没有了，心里不免担忧——期中考试可怎么办！随之而来的是一阵阵惶恐。但午饭时间已经到了，只好先去餐厅。骑车途中，偶然抬头，看到无垠的澄碧的天空，天空下是一排金色的树。在广袤的蓝天的映衬下，那排树显得好远，仿佛我是从世界之外看这风景。此刻，我连同我的担忧都不知去了哪里，剩下的只是这景色。

最近大学给我的感受就是忙碌，虽然名义上我们自由了，但是有许许多多你不想但又不得不去做的事情。在这么多事情里我们难免心烦，人一旦心烦就会苦恼，就会想这样到底有没有意义。当我们陷入自己的苦恼无法自拔的时候，我们就无法看到头顶的天空、美丽的风景。但美不管你有没有去看它，它都在那里，那我们又何必将自己隔绝在美丽之外呢？

　　人的许多不快乐都来自过强的自我意识，对美的欣赏可以让人意识到有比自己更崇高的东西。在美面前，我们的挫折、坎坷都微不足道。追求美让我们放下心中的不快，勇往直前。

游　奎

纯粹美和依存美

以前，如果有人问美是什么，我会告诉他：美，是"擎天柱"那雄奇伟岸的身姿，是"母育子"上千变万化的纹理，是水木清华的清光华彩，是近春园的荷塘月色，是理科楼上承载着岁月之痕的爬山虎，是清华路上暗示着四季轮回的黄叶，是大礼堂的庄严肃穆，是清华学堂的厚重悠长……美就是清华的一草一木、一砖一瓦。

可是他要再问："美究竟是什么？"我便语塞了。确实，细细想来，自己竟无法确切地定义美究竟是什么。所以现在姑且"剽窃"前人之观点，勉强谈谈美是什么。

先界定一下各个概念。第一，形象。我这里说的形象是物体的性质，是指物体的颜色、线形、声音等（也可以是诗文的语言、音律等等）诸元素的组合，排除了物体的科学属性与实用属性。比如"牡丹石仅产洛阳，存世稀少"是一种科学判定，"牡丹石是上等装饰品，价值连城"则涉及其效用，均不属于形象，而"牡丹石为深色，有密集的花纹，有光泽"则属于对其形象的描述。

第二，直觉（动词）。与直觉相对的是名理，直觉和名理是知的两种方式。名理是"对事物的关系的知"，或者说是建立事物间的联系，可以简单归纳成"a 是 b"的公式，比如看到"擎天柱"，意识到"'擎天柱'是一块石头"，便是名理。直觉是把全副心神倾注到某个物体上，不旁迁他涉，也不管它是什么，只是觉察一个独立的形象，"擎天柱"就是"擎天柱"的图形，如果想到它是一块石头，就不是直觉了。要说明的是，尽管个人的直觉有差异，但直觉过程是想要反映物体的形象，在某种程度上说具有一定的客观性。

第三，意象。人直觉到物体的形象后，会在脑海中产生一个关于物体的"模样"，称为意象。意象存在于人的思维中，会因各个人的直觉不同而有差异。但是，直觉是具有一定客观性的，意象的生成仍是以物体的形象为蓝本，不会脱离了形象。意象的生成是瞬间，随即存入人思维中，时机适当时可以在脑海中再现。

第四，潜意识。潜意识是思维中人们无法认知和控制的部分，潜意识的过程是发生但是未达到意识状态的过程，我们这里说的意识专指人能察觉和调控的思维。这并不是说潜意识就是先天的、无法改变，人的后天活动产生的经验或受到的教化可能会进入其潜意识，比如我家乡没有雾霾但是经常下雨，所以天一黑往往就是要下雨了，到北京以后，重霾天我早上醒来，就会下意识以为要下雨了。

第五，情趣。我姑且断章取义地借朱光潜先生的词语来界定我的概念，人的潜意识中存在着个人情感、兴趣、偏好等等，我们把这些统称为情趣。

第六，共通情趣。人类的潜意识中存在共同的价值判断、偏好等情趣，称为共通情趣（会在后文说明其存在）。

第七，联想。我们把联想分为两种，一种是在潜意识层面的不由自主的联想，人在直觉感知一个形象生成意象后，可能会不由自主地联想到其他东西，无意识地再现出其他意象，这些再现的意象可能与新生成的意象再组合出新的意象。另一种，是有意识的联想，这里不做展开。

冬日

在这些限定概念的基础上，我们便可以粗略地定义美。我也仿照康德将美分为两种："纯粹的美"和"依存的美"。我们先定义"纯粹的美"：我们在欣赏一个物体时，仅直觉感知其形象，不用名理思考，不考虑一切利害关系，在脑海中生成一个意象，如果这个意象恰好契合了我们潜意识中的某种情趣，使我们产生快感，我们便觉得此物体是美的；相反，如果这个意象与潜意识中的情趣相抵触，就会令人不快，我们便会觉得它丑。"依存的美"是：我们直觉感知物体的形象创生出意象后，这个意象可能会引起人无意识的联想，再现出过去的意象，如果这些意象（新生成的意象与过去的意象）的组合能恰好地契合我们的某种情趣，使人产生快感，我们也会觉得它是美的。反之，如果这些意象的组合与我们潜意识中的情趣相违背，我们可能觉得它不美。从定义中可以看出，美感过程主要是在潜意识中进行的，不受人意识的控制。在审美前后可能进行的了解、批评或艺术创作等有意识的行为不属于美感过程。这里需要说明的是，虽然这里借用了康德的两个名词，但意义并不完全相同，并且我认为这两种过程地位是平等的，没有孰优孰劣之别，讨论美必须兼顾两者。

有了这个定义我们就可以解决几个问题：

第一，美是主观的还是客观的？按照我的定义，美是主观的。没有人去欣赏时，物体的形象无所谓美与丑，是客观的。只有有人欣赏时，其形象经欣赏者的直觉催生出意象，其意象契合欣赏者的情趣与否，才有了美丑之别。故美虽然依托于客观的事物的形象，但主要是由思维产生的，应该是主观的。

第二，美具有普遍性吗？在我们的定义中，不同人的直觉、情趣各有不同，似乎美也是因人而异的，没有什么普遍性可言。其实不然。首先，我们承认美具有特殊性，不同的人的审美不可能完全相同。从"纯粹的美"来说，即便两个人以一样的角度、方式看，也会因个人的直觉不同而使产生的意象不尽相同，更主要的是每个人潜意识中的情趣不可能完全相同，所以即便同一个意象也不会契合所有人的情趣。再到"依存的美"就更是如此，每个人的经历、经验不同，潜意识中存在的意象也不同，所以无意识的联想也会有不同。但是，这并不意味着美不具有普遍性，因为普遍性就寓于特殊性之中。虽然人的直觉有不同，但不可否认，人在同一位置、以同一姿势直觉感知同一物体时，产生的意象仍是有许多共性的，大体相同（因为都是反映同一事物）。此外，人在潜意识中的情趣是有共性的，比如人大都会以常态为美。以人的意象为例，如果这人缺胳膊少腿，或是没有耳朵或眼睛，我们就会无意识地产生不快感，觉得他丑，因为这违反了常态，所以古代描述人美时说"多一分嫌胖，少一分嫌瘦；暗一分嫌黑，亮一分嫌白……"都说明大多数人以常态为美。从"依存的美"的角度来说，人们的无意识联想也有可能趋于一致，比如"枪管打结的手枪"的雕像，大多数人生成枪的意象后就会自发地联想到战争或是暴力，等等，而后由此产生和平生活的意象，而和平恰恰符合大多数人的情趣，因而会觉得它美。

第三，美是永恒的吗？或者说事物的美会因时空改变而变化吗？这显然是会的。事物的形象可能会随时间的改变而改变，从而导致后续变化。比如四季的荷塘形象不同，产生的意象也不同，自然美会有差异。这里需要说明两点：其一，虽然我们在讨论时都说某个事物，但在实际的审美过程中，我们所直觉的形象可能并不仅仅是某个物体的形象。比如我们在看大礼堂时不可避免地会注意其周围的树木，光线其实也会产生影响，所以大礼堂虽然在短时间内无太多变化，但是周围的草木与光影可能会影响你实际的审美判断。其二，我们察觉的形象有时并非整个物体的形象，而可能只是这个物体一部分的形象，比如有人提出在外面看大礼堂时不觉得它美，到里面以后便觉得其内部构造美，在这个过程中实际上是意象的形象发生了改变。其实这一点不能算严格意义上的物体形象发生了变化，更确切地说是审美的对象已经不是同一个了。另外，我们再看"依存的美"，如果人的经历改变，潜意识中的意象也会不同，会影响人的无意识联想，产生不同的美感经验。

讲到这里，有人就会疑惑，如果我直觉判断后觉得它丑，而经联想后觉得它美怎么办？换句话说就是"纯粹的美"与"依存的美"矛盾了会怎样？实际上这个问题本身就是不成立的。在一次审美过程中，"纯粹的"或"依存的"两个过程只能二选一。美感经验是潜意识中的自发的、不受意识调控的过程，当你察觉到快感，其实就已经回到了意识层面，也就是说美感过程终止了。如果你的潜意识中没有与新生成的意象相契合的意象储备，就无法引起无意识的联想，这时其与情趣契合与否就会决定产生快感还是不产生快感。当你察觉到快感或察觉不到快感时就由潜意识层面进入了意识层面，以后的过程就不再属于美感过程了。

有同学说他第一眼看清华学堂时不觉得它美，但是随即想到它的悠久历史又觉得它美（我们假设这个过程几乎是同一时间发生的），这其实是没有分清什么是美感过程。既然他在看到清华学堂后生成的意象引起了不快感，知道了"清华学堂是不美的"，他就已经回到意识层面进行名理判断了，而他后续的联想实际上是脱离了直觉形象生产意象这个过程的联想，只是由脑海中的意象去联系其他东西（是有意识的），不属于美感过程。而当你直觉感受到一个意象后，潜意识中的某些意象如果被触发，你就会不由自主地联想，而不能在产生意象后直接产生快感（无意识的联想过程先于快感的产生），而是在这些意象相互组合后才产生快感，这就是"依存的美"的过程，可以看出这个过程中"纯粹的美"的过程根本未发生，更不可能有矛盾。康德是否认这种美感过程的，他认为联想的过程是借助于概念的，不是由感官的直接感受得来。这种极端的形式主义的弊端也是明显的，按照这种说法，诗显然就被摈弃于美之外了。实际上，在我们的定义中，"依存的美"所涉及的联想也是自发的、不受控制的，没有假借概念，也没有涉及名理。比如，我现在在清华学堂中上课，若干年后回到这里，再看清华学堂时，可能会不由自主地联想到以前清华学堂的样子以及在里面上课、自习的情形，而未就其形象直接产生快感，而是就这些意象（清华学堂即时的"模样"产生的意象、清华学堂过去的模样产生的意象、过去在里面活动所形成的意象等）的组合产生快感，我们能说这不是美吗？

从以上讨论中，可以发现"纯粹的美"更偏重于形式，而"依存的美"则更偏重于形式与内容的组合。"纯粹的美"更倾向于先天的，而"依存的美"则与经验（尤指进入潜意识的经验）关系更为密切。

最后，我们讨论一下"美"与"真"、"善"的关系，真善美应该对应着三种态度，即科学态度、实用态度、美感态度。在我们的日常语言中美的概念实际上是泛化的，比如我们所说的"最美乡村教师""最美警察"实际上都是善的范畴。朱光潜先生说："实用的态度以善为最高目的，科学的态度以真为最高目的，美感的态度以美为最高目的。在实用态度中，我们的注意力偏重事物对人的利害，心理活动偏重意志；在科学的态度中，我们的注意力便在事物间的相互关系，心理活动偏重抽象的思考；美感态度中，我们的注意力专注于事物本身的形象，心理活动偏重直觉。"这就把真善美的区别解释清楚了，需要补充的是，道德广义上是"应付人生的方法"，应该属于实用态度的范畴，其最高目的也是善。所以有哲学家认为真属于哲学范围，善属于宗教伦理范围，美属于艺术范围。也就是说，艺术的目的是美，无关真与善。

确实，审美过程要求抛开一切利害关系，美的感觉确实不能与善和真的感觉在同一时刻产生，但是同一个物体可以既引起真、善，又引起美的感觉，只是感觉不能同时生成而已。美与善、真并非毫无关系，因为真与善是有可能影响人在潜意识中的情趣的。

到此，我应该能大概说明美是什么了，但是，不可否认以上说法不仅抽象、绕口，而且存在诸多缺陷，远不及开头的描述形象具体、有说服力。这或许就是文学的美吧！科学严谨的定义的确不如优美具象的文学性描述能给人带来美感。

下次有人再问我美是什么，我还是不大可能跟他说以上那些枯燥的概念与论断，更可能带他到园子里逛逛，说："你看啊，那不就是美吗？"

余　标

美需要一直探寻

美是什么？这是我从前未曾思考过的问题。

在过去的生活圈中，我们当然也会谈论到美，但在潜意识中，我们会觉得美太奢侈，离我们的生活太远，当然，就更不会思考"美是什么"这样看似无用的问题了。

提到美，我们能联想到的大多是那些艺术品，如《蒙娜丽莎》《向日葵》《星月夜》，震撼也好，跟风也好，大家都会觉得它们是美的，但同时也是高高在上的，是艺术家的才情在不经意间迸出的火花。

当我们看到飞雪漫天、小桥流水、层林尽染时，我们也会说它们是美的，但那是自然的鬼斧神工或是人文与自然交汇营造的美好氛围，我们与这些美仍旧是抽离的，仿佛那些美只是客观的存在，只是它们本身，我们只是看客，只是在美的神坛下，坐而听讲的信众。

至于"美是什么""美与我们的关系"，我却从未认真地想过。

自从选了"清华学"这门课以来，我们讨论"母育子"奇石，参观水木清华，却发现自己不由自主地谈论到美的有关概念，同时我们也发现，原来美离我们这么近，美就在生活不经意的转角，不是我们接触不到它，相反，美一直在等待我们。

参观"母育子"奇石时，面对奇石上不同的图案，大家都有自己的想象。但大家都认为它是美的，美在形态，美在图纹，美在意境与内涵。当老师让我们讨论奇石之美时，却发现大家对牡丹石的美丑有诸多分歧。于是在讨论中我们都自然而然地开始思考：到底什么是美的？

白老师在慕课里曾经提到过，从中学到大学，是一个从有限到无限的过程，在中学可能想要每个问题都获得解答，但在大学，很多问题可能你是得不到解答的，但在这个过程中最重要的是你要去问，去思考。

于是按照中学的习惯，当时我也给了自己一个答案：美是多种多样的，但真正能让众多人认同的美是独一无二的。"母育子"之美既在于它是自然形成的奇妙产物，也在于天下只此一块，这是独特而幸运的邂逅，自然能让观者深深感激并且认为它是美的；而牡丹石则更像是一种材料，一种器具，缺失了独特性，就让人索然无味起来。

但后来，我发现要想了解美的问题，远没有这样简单，这样轻松。

在参观水木清华时，我提到跌水平台附近的垃圾问题，当时本只是直观的感受，与同学交流分享，但在思维的碰撞中，话题却被引向更深的问题：呈现美是该完整地表现好的与坏的，还是应该只表现好

水木清华

的、美的？有人说这是心态的问题，有人说真实之美和展现自己心中的景象之美好都很重要，有人说正因为有遗憾，美才更加难能可贵。

于是我对美的认识又有改变。首先，我们会觉得规律的东西是美的，所以垃圾就显得十分扎眼而破坏整体的美。但跌水平台也不是规整的东西，于是可以看出，带有自然的鬼斧神工或是人的匠心的东西也会是美的，不对称无规律有时比规整更美。可是自然界中也会有穷山恶水，艺术品中也会有作品被称作败笔，所以其实美也是要客观与自己心中的某些触动点契合的。同时，垃圾与跌水平台的问题大约也与联想和想象有关，即与经验有关。因为看到垃圾时，我脑中联想到了之前的印象，譬如垃圾的臭味、污染环境还有国民素质以及管理方面的问题，所以会觉得垃圾破坏美感，而其他同学或许只会注意到跌水平台而感到深深震撼。

此时的我虽然又给了自己一个解答，却也开始深深迷惑起来，美的问题似乎并不是能简单阐述的，按照我这样的思路继续想下去，也会有更多的反例，更多的"但是""可是"，问题便不断涌现出来。譬如，针对同学们的讨论，我又想到，真实之美不应该被忽视，因为真相与现实就与我们息息相关，即使是丑的坏的东西，只因其真实也会给我们深深的震撼；但是，为了展现我们心中对眼前不完美的美的期待与想象的美好，对其做修饰也无可厚非。那么，我们难道就只能这样既不否定也不肯定吗？这也是美的，那也是美的，那么"美"又到底是什么呢？显然会有更深的问题，不能这样简单描述。在不断的"迷惑—解释—反驳—迷惑"的循环过程中，我才发现，原来美是我们生活中绕不开的话题，只是我们从前未曾用心思考过。

大家讨论大礼堂与清华学堂之美时，我们对美的思考又进了一步。美到底是一眼看出，还是可以慢慢体会的？美是直观的吗？美是客观的还是主观的？大家都表达了自己的观点，思维的交锋使我们迷惑，也使我们更希望深入地去了解美的内涵。

这时，老师向我们推荐了《纯粹理性批判》和《判断力批判》两本书，两位学姐细致的介绍使我们对康德的美学体系有了一定的了解。美是令人愉悦的，美是不掺杂任何目的性、功利性和个人喜好的满足。

那么，这又衍生出更多的问题：美是客观的吗？美是普遍的吗？美学的意义又何在？其实归结到底只有一个问题，也是最初的问题：

美到底是什么？

以前的我大概是会毫不犹疑地说美是客观的。但现在我却觉得美是主客观交融的存在。美感的产生是客观事物在人心中产生的愉悦的涟漪。譬如自然美景，是大自然独一无二的鬼斧神工，这是客观存在的能引起人们共鸣的东西，但美的感觉却不单单是客观景物的反映，还有心中的想象与触动。再如艺术品之美，是艺术家的别具匠心，也需要有读者的品味理解，与作者灵魂交流，即为二次创作，所以美该是离了客观或主观都不行的。康德认为人生而知美，那么我们在美面前也不必显得卑微，美的感受本就是我们的能力啊！

美该是普遍的。虽然美的普遍化有可能会破坏美的本质，使美变得庸俗化，但我所认为的普遍，是审美行为的普遍化，也可以说美存在于每个人的身边。我所想象的美的普遍应该是，人们都能意识到，美不是奢侈品，美一直就在生活中等待我们发现，在实用与实干之外，我们应当善于发现这些美，与生活温暖相拥，与世界温柔以待。在我世俗化的观点看来，这也是美学的意义所在，审美使人过好这一生。

康德体系中纯粹的美是直观的，不掺杂联想的，不关涉到知性的逻辑的事情。但是我们平时所说的美却不会只局限于纯粹的美。当我们在异乡再见到家乡的景物时，我们觉得它是绝美的，这种美关乎回忆；当我们觉得诗歌或艺术品是美的，这种美是含蓄的，它关乎想象与联想；当我们听过了别人介绍，觉得某处园林的布景是美的，这种美是自己的理解与艺术家的匠心相碰撞的美；当我们看到好人好事、善心善德，我们也会说他们最美，这是品格与内在的美；我们也同样有可能被现实触目惊心的美所震撼。那么这样的美又是否是在我们应该讨论的美学体系里呢？我们是不是将真、善、美混淆了呢？这样谈美会不会陷入韩水法所说的"美感在这个过程中就成为一种日常的、千篇一律的、毫无差别的或者差别琐碎的庸常的习惯"呢？

这些都引导我更深入地思考。在现在的我想来，真善美也是不可强行分割开的，相对于康德所说的纯粹美学，我们平时所说的美姑且把它算作世俗的美学吧！它也是有存在意义的，因为美应该是普遍的，但令人担忧之处在于，当我们将一切都冠以美的名义，诸如漂亮的东西、新奇的东西、高尚的东西，甚至于丑的东西，这样，美虽走下神坛来到了人们身边，人们却也对其习以为常了。太多的美感震撼与感动，对人们而言，也就成为例行公事般的感想甚至是卖弄，美也就悄然变味了。新的问题又不断产生。于是美学的研究在这样的背景下就更成为必要的。

所以，美到底是什么？这恐怕是我需要一直探寻的。

美还有太多内涵与深意，值得我们用一生慢慢思考。而对美的思考，大约也是诗意人生的必备条件吧！

周心怡

美的心境

自古以来，人们对"美"这个概念展开了无尽的讨论，无数的哲学家和思想家对"美"的本质问题展开了激烈的讨论。"美"究竟是一种主观的判断，还是一种客观的存在呢？在我看来，"美"的本质，其实就是一种主观的判断，是观察者内心的一种映射，与我们所观察的物体其实并没有太大的关系。

举一个简单的例子，中国有一个成语叫作"爱屋及乌"，意思是喜欢一个人喜欢到了连他屋上的乌鸦都一同喜欢的地步。在这个故事中，那只乌鸦本身并没有任何变化，它和其他乌鸦并没有本质上的区别，按照刻在基因链上的习性过着每一天。假如美是一种客观的存在，那么旁人对所有的乌鸦都应当给予无差别的爱，但事实上，却有人单单对这只乌鸦有好感。这就是因为，人们的精神被屋主人高尚的品行所带动，心境发生了变化。这时候，当人们再去观察那些离屋主人近的普通事物时，就会主观地认为那些事物也是美的。

　　生活中还有更简单的例子。不同的人对同一个事物是否美丽这样一个问题，一般都不能够达成一致，甚至同一个人在不同的时期去看同一件事物的时候，都可能会提出不同的看法。

　　比如说有的人喜欢吃皮蛋，但是有的人也会非常厌恶皮蛋；同一个人也可能在一段时间以后，逐渐接受甚至喜欢上了皮蛋，类似的现象在生活中并不少见。

　　在这些常见的现象中，物没有发生变化，变化的是人心。不同的人有着不同的社会经验，从而塑造了不同的审美风格，随着时间的积累，同一个人对美的思考也会发生或大或小的变化。正是出于以上原因，不同的人对于一个事物是否是"美"的判断才会各不相同。"美"非物之所有，人又怎么能去说一个物体是美的还是不美的呢？

　　综上，我认为"美"只是人们的内心世界通过"审美"而表现出来的一种主观看法。在"审美"的过程中，人们所观察的物体的作用仅仅是"引起审美"这一过程，在"审美"活动被触发以后，被观测物体就已经完成了在这一次"审美"活动中的作用。我们应当做的，就是努力去得到更多的人生经验，提高自己内心世界的修养，只有我们的心境到达了足够的高度，我们才能在生活中观察到足够多的美。

贾自立

美与人

　　当我们站在一尊雕塑、一块奇石、一幅油画前，欣赏着它们的线条、结构和色彩；当我们漫步于植物之间，轻嗅花草藤木的清香……我们总会有一种幸福感和愉悦感。通常在这个时候，我们就会自然而然地称它们是美的。事物因为和人产生了联系，才将美体现出来。

太湖石

自古以来，关于美的本质问题哲学家们看法不一，由此形成了众多派别。西方美学史上关于美的讨论代表性的观点主要可以分为六类：美在形式说，美在理念说，美在愉悦说，美在关系说，美在生活说和美在劳动说。在中国美学史对美的本质的探讨中提出要结合善研究美，结合艺术研究美，结合现实研究美。人们对于美的思考与探索的脚步从未停止也不会停止。众多观点和看法中，在此，我只想浅谈美与人的关系。

柳宗元认为美在于自然，"美不自美，因人而彰"。我们也可以结合美在愉悦说中休谟提出的观点来加深理解。休谟在哲学上提出，人的感觉并不能体现事物的内在属性，而只能标志出心灵与事物之间的某种合拍的状态或联系。他在美学上反对把美看成事物本身的一种性质："美并不是事物自身的一种性质。它只存在于观赏者的心里，不同的人心灵见出一种不同的美。""想要寻求实在的美或者实在的丑，就像要确定实在的甜和实在的苦一样，是一种徒劳无益的探讨。"他们的共同点就是美不能脱离人而单独存在，脱离人而讨论美的本质问题是毫无意义的。审美过程其实是一个偏于情感性的过程，在这个过程中，观赏者的大脑会产生感觉，例如愉悦感、震撼感等，我想将之称为广义的美的感受。一件事物，只要能让人产生一种性质是美好的感受，那么它的美也在人的审美活动中得以体现。

关于一件事物本身的特点，是为正在或将进行的审美活动提供一定的基础和判定标准。人在成长的过程中所积累的人生经验赋予了其相应的审美标准，这些标准在其大脑中形成了一个审美体系。所以当我们看到一个审美对象时，每个人会产生一个自然而然的初步感觉，并且这种感觉会随着时间地点的不同而发生变化，因为光线、温湿度等自然外界因素和观赏者内心这个内在因素都会影响审美过程中的审美感受。因为人与人的生活经历不可能完全相同，其形成的审美标准也不可能相同。所以在观赏油画时，有些人喜欢清新的色调，那么他可能觉得莫奈的《睡莲》比毕加索的《鸽子》美；有些人更钟情于黑白色调带来的视觉震撼，那么他可能会更喜欢那幅《鸽子》。这些看法没有对错之分，美本不能脱离于人而独立存在，每个人认为的美也不尽相同。

美的本质问题，或许根本没有答案，但在探索这个问题的过程中，人们的审美品位和对美的敏感性不断增强，发现美和鉴赏美的能力也不断提高。人也会因为发现更多美的事物而感到幸福，这就是美与人之间相互影响交错的关系。

王艺如

愉悦美

美是什么？古往今来，人们对这个问题的回答是仁者见仁、智者见智。在古代的中国，美是山水画中的意境，是文学家笔下妙笔生花的文章，是或富丽堂皇或古色古香的建筑……在西方，美是亚里士多德眼中的对应当有的实物的再现与模仿美；是柏拉图眼中的超越具体事物的理式美；是休谟眼中存在于观赏者内心的愉悦美；是马克思和恩格斯眼中的劳动美……前人对这个问题从各个方面做出了解释，那么，什么才是真正的美呢？

我非常同意休谟的愉悦美的观点："美并不是事物自身的一种性质，它只存在于观赏者的心里，不同的人心里见出一种不同的美。"我认为，美来自内心最自然的欣赏，听从内心的声音，因某个东西而产生内心的愉悦，那么我就认为这个东西是美的。

从最开始的"母育子"，到阿尔贝·马尔凯的《土伦港口景色》，它们都是美的。"母育子"没有艳丽的色彩，有的只是青色、白色等的相互掺杂,美丽却不艳丽,简单而又纯粹。在阿尔贝·马尔凯的《土伦港口景色》中,马尔凯用温和的色调描绘了沐浴在温暖阳光下的法国南部海湾,大海、房屋与树木融为一体,给人一种安静祥和的意境。它们都褪去了世间的嘈杂烦乱,褪去了喧闹,只给人留下一种简单平凡的感觉,但正是这种感觉,足以让人从内心真正产生一种愉悦感,让人感受到它们的美。

美有多种,欣赏美的角度也有多种,在欣赏美的时候,我们不能要求别人与自己看法一致,我们所能做的,便是在不同中找出共性,克服私欲把人们的情感连在一起,使得每个人都能理解并欣赏自己眼中的美、领悟美的真谛。

杨自豪

美的体悟

我们总会用"美"这个字来称赞身边的事物：一座花园、一幅画作、身边的人或者是某篇文章。在称赞不同的事物时，"美"字似乎有着不同的含义，可以是花开得鲜艳，人打扮得得体，文章写得行云流水文采斐然……不同环境下的美好像千差万别，又好像不离其宗，那么，"美"到底是什么呢？

哲学家苏格拉底和柏拉图对"美"有许多论述。柏拉图在《大希庇阿斯篇》中记叙了苏格拉底最先提出了美是什么的问题，并探讨了美的本质，但是最后未能解决美的问题，以"美是难的"结束。由此可见，简单地阐释"美"并不是一件容易的事。

百度百科有一个专门的词条"美"，它说："美，是指能引起人们美感的客观事物的一种共同的本质属性。"同时我也想到了休谟在哲学上提出的"美在愉悦"说，"人的感觉并不能体现事物的内部属性，只能标志出心灵与事物间的某种合拍的状态和联系"，我们可以判断说，美是种主观的感受，并不是客观存在的某个具体事物。我经常听书，书中形容一个女子有"臆想之美"，就是闭上眼睛想，你觉得什么样的女子美，那她就是什么样。每个人的想象都不一样，这就是美有主观性的具体表现了。上课讨论时学姐说"美是直觉"，我很赞成这句话，就是当我看到某个事物的一瞬间，它带给我的直观感受。康德美学提出：美是愉悦的、不带利害关系的；是普遍的但不是概念的；又合目的性，但无目的；是主观的。在看到事物的一瞬间，能够同时达到这四点，就是美。

美既然是主观的，则人人对美的理解不同，也就是说人人的审美不同。审美又是怎么来的，课上我们也讨论了这个问题，是先天遗传，还是环境的影响？我认为先天的遗传可能对人的审美影响并不大，既然这是一种主观的感受，那么就与个人的成长环境、好恶、思想相联系，这些都是受后天的生活环境影响的。环境不断变化，审美也相对变化，很简单的例子，小时候我觉得花团锦簇最美，现在的我觉得只有绿植也美。有时人的审美不完全依靠个人感受，会"随大溜"，网上大眼睛尖下巴的姑娘被称赞"真美"，越来越多的人说，这就似乎成了一个标准，但这种大众审美也会改变，比如历史上唐以胖为美，朝代更迭，现在大家都喜欢瘦。所以我个人认为后天环境更能影响审美。

上课的时候还讨论了一点"动物有没有审美"？我觉得这个不好说。"子非鱼安知鱼之乐"，子非鱼安知鱼不知美？况且有些动物的眼睛与我们不同，它们能看到完全不一样的世界。

事实上我仍然说不出美的本质，我只能浅显地说美是我个人与其他事物相碰撞带给我的美妙的快乐的感受，是在个人观念上的对事物的评价。但我们可以交流，去体会自己没有得到的其他的美。

肖　杭

影响美的因素

美是一个我们都很熟悉的名词，正由于它渗透于我们生活的各处，每个人对美都有自己的理解，以至于我们对美没有一个通用的定义。对于下定义这件事来说，我觉得定义没有对错之分，一个定义只要不自相矛盾就有存在的意义。有人觉得美是绝对理念，有人认为美是一种愉悦感，也有人认为美是一种直觉，然而它们在我眼中都没有什么差别。用相对论的观点来说，他们只是在各自的时空中给出了各自的阐释。

在我眼中美是一种对事物的认识、看法，而这种认识是根据先天智力因素和自身经历对事物的综合评判，如果这种评判符合自己的喜好，那它就是美的。我并不同意柏拉图的绝对理念观点，因为无论他怎样摇旗呐喊、怎样巧言诡辩都改变不了两个事实：其一，他证明不了这绝对理念的存在；其二，他找不到这个绝对理念。他这个假说是没有基础并且无法普适应用的，所以我觉得他的这种理解没有意义

（我并没有说他是错的）。

我觉得美和主体、客体都是密切相关的。这很容易证明，不同的人对同一事物会有不同的看法，比如说《格尔尼卡》，有人觉得它是传世佳作，而我并不这样觉得。显然，美是与人紧密联系的。此外，一个人对于不同事物的看法显然也是不同的。而什么影响一个人对事物的认识呢？我觉得可以粗略分为先天因素和后天经历。先天因素比如人脑的结构会对人的思维方式产生影响。而后天经历更为重要，因为人的性格、思想、习惯等基础素质都是后天培养出来的。没学过绘画的我不觉得《格尔尼卡》美，没看过《巴黎圣母院》的也不会觉得卡西莫多美。这和他经历过的教育、熏陶有关。

一千个人眼中有一千个哈姆雷特，美也是这样。

徐 阅

美的评价

美到底是什么，这个问题自古以来就备受争论，前贤圣者对此莫衷一是。

新清华学堂

古希腊的毕达哥拉斯认为美就是在数量比例上所见出的和谐，从数量比例观点出发，他们找出了一些美的形式因素，如完整的（圆球形最美），比例对称（黄金分割最美）的，有节奏的，等等。

再后来，大哲学家柏拉图开启了西方哲学史上关于美的形而上学的思考方式，他主张美学思考应当超越美的具体事物去寻求美的本身。这个美本身，柏拉图称之为理念。

然而柏拉图的学生、古希腊另外一位哲学家亚里士多德却一反柏拉图的理论，他从具体的客观事物出发展开美学思考，认为美不能脱离现实的具体事物而独立存在，而只能作为客观属性存在于具体的事物之中。

德国古典哲学家黑格尔认为"美是理念的感性显现"，美使我们看到了一个显现理念的感性具体对象。

而休谟则反对把美看成事物本身的一种性质，他认为"美并不是事物自身的一种性质。它只存在于观赏者的心里，不同的人心灵见出一种不同的美"。

在我看来，美其实是一种只存在于人主观意识中的对事物的评价。美并非事物自身的属性，它仅仅是人对事物的一种评价。这种评价的标准会随着人年龄的增长和阅历的丰富而逐渐改变，因此一件事物在某个人眼里的美丑也并非一成不变。由于人与人之间的经历不尽相同，每个人对美的评价标准总会有差异。但由于每个人都身处社会之中，或多或少都受到了周围其他人的影响，所以人们对美的评价标准也都有一定的相通之处。

一件伟大的艺术品会满足许多人的审美需要，从某种意义上讲，正是由于人们对美的评价标准有着一定的相通性，才造就了许多不朽的名作世代流传。然而也正因为人们对美的评价标准的差异性，才使得追求艺术的人们一次次改变、一代代创新，推动着艺术不断向前发展。

史若松

美是变化

何为美？这似乎是个感性的哲学问题。每个人对美似乎都会有不一样的解读。古往今来，从西方到东方，一直在探寻美的本源。但正如"美"意象迥异捉摸不定的本身一般，人们对"美"的解释也见仁见智，多种多样。

黑格尔说"美是理念的感性体现"，康德说"美是道德的象征"，圣奥古斯丁说"美是造物无上的荣耀与光辉"，德尔斐神谕说"美即正义"，朱光潜说"美是心物婚媾后所生的婴儿"……从客观到主观，从道德到信仰，从一元到融合，不一而具又各成体系，这亦印证了两千多年前著名的柏拉图之问。柏拉图在《大希庇阿斯篇》中以苏格拉底和希庇阿斯对话的方式提出了"美是什么"，但这轮对美的伟大智慧交锋，最终让智者柏拉图也不得不感叹"美是难的"。这四个字，也许是对"美"最婉转含蓄但又客观辩证的描绘了。

而美之于我又是什么呢？我是如何来定义美的本质的呢？提到

"美"，我的脑海里瞬间出现曹植在《洛神赋》中的描述："其形也，翩若惊鸿，婉若游龙，荣曜秋菊，华茂春松。仿佛兮若轻云之蔽月，飘飖兮若流风之回雪。"一曲《洛神赋》，再无美人篇。曹子建的这番描叙，不说绝后，起码也是空前了，可是，这样对"美"的定位会不会太高了？于是，我又想起了明代张潮所说的美："所谓美人者，以花为貌，以鸟为声，以月为神，以柳为态，以玉为骨，以冰雪为肤，以秋水为姿，以诗词为心，吾无间然矣。"这些形容词非常美，甚至道出了人们对"美"的极限想象。

为什么当我读到这些文字时脑海中会显现出美女的样子呢？为什么当我在展览馆里看到拿破仑的画像时会觉得这幅画美得无与伦比呢？我想是因为，美是人们心灵的映照。当一件事物勾起了你以往的回忆，带给你愉悦的感受，那么这件事物就会给你带来美的体验。正因如此，我认为美是主观的，一件相同的事物，在一千个人看来，一定会勾起各自不同的记忆，在一千个心灵中有一千个美的镜像。是美的感知，美的联想，这些元素交织构成了美之所以成为美的意象。而在这个世界上，虽然每个人审美情趣独特而迥异，但总有一种东西大部分人都能欣赏，如苏东坡在《赤壁赋》中所说："惟江上之清风，与山间之明月，耳得之而为声，目遇之而成色，取之无禁，用之不竭。是造物者之无尽藏也，而吾与子之所共适。"

关于美的起源和本质，我们从未停止过对它的思考和诠释。美的意义永远不会一成不变，它将随着时代潮流的发展而变得越来越丰富。

凌　睿

美是真正的生活

　　美是什么？古往今来，众说纷纭。放眼西方，古希腊的大哲学家柏拉图开创了西方哲学史上对于美的形而上学的思考方式，他以客观唯心主义的观点，认为美是一种理式。但是柏拉图的学生、古希腊另外一位哲学家亚里士多德却一反他的理论，提出艺术是对"应当有的事物"的再现和模仿。而古希腊的毕达哥拉斯学派又是从数学与数量比例入手进行哲学和美学思考的，认为具有完整的、比例对称、节奏等和谐特征的事物是美的。

　　度过漫长的中世纪后，人们对美学的讨论在西方又开始盛行。德国古典哲学创始人康德在《判断力批判》的"美的分析"部分把审美规定为"是凭借完全无利害观念的快感和不快感对某一对象或其表现方法的一种判断力"；德国古典哲学家黑格尔提出"美是理念的感性显现"；苏格兰的哲学家休谟认为"美不是事物本身的属性，它只存在于观赏者的心里。每一个人心里见出一种不同的美"，即美是人心中的愉悦；法国启蒙主义美学家狄德罗的美学思想集中地体现于"美在关系"；俄国著名美学家车尔尼雪夫斯基从现实生活出发去研究美与艺术问题，提出"美是生活"这一论断；伟大的无产阶级革命家马克思和恩格斯认为"美是人的本质力量的对象化"，提出美在劳动，既强调了美本质的客观现实基础，又表达了美的主观精神因素。

总的看来，这个讨论经历了从"古典主义：美在形式"到"理性主义：美即完善"，再到"德国古典美学：美在理性"及"英国经验主义：美即愉快"，最终到"现实主义：美是生活"以及"无产阶级美学观：美是劳动"的曲折过程。

中国古典美学也内容丰富，在文明古国中自成一个独立而又严整的系统。中国古代美学思想发源于奴隶社会，审美艺术问题同宇宙与人生的哲学根本问题被直接联系起来思考，虽然表述及论证仍然显得不够体系化，但根本上贯穿了中国独特而又深刻的哲学理念。

早在春秋战国时期，老子就提出概念"道、气、虚、实"等，对中国古典美学产生了重大的影响。孔子也开启了儒家美学的传统，提出了艺术在社会生活与施政中的积极作用，认为对自然美的欣赏"仁者乐山，智者乐水"可作为君子道德的象征，其核心是"仁"，即和谐。魏晋时期中国古典美学发展进入又一个黄金时代，不再注重艺术的政教实用功能，而开始强调艺术的单纯审美功能，如风骨、隐秀、神思。在唐代，文学家兼思想家柳宗元提出"美不自美，因人而彰"。在现代，朱光潜认为"美不仅在物，亦不仅在心，而是心借物的形象来表现情趣"。他认为"世间并没有天生自在的美，凡是美都要经过心灵的创造。美感的世界纯粹是意象世界，超乎利害关系而独立"。这是一种崭新的美学观。

总之，我国古代美学精神源远流长，博大精深，集中体现在"以道为美""以心为美""以文为美"这几个方面，注重美与自身的联系。

回归我们自身的课程。从"母育子"等奇石那能感觉到却说不出来的美感，到王国维纪念碑和国立西南联合大学纪念碑上伟大的人文之美；从园子里丰富多样的植物，到绚丽多彩的西方油画，美处处都在。画作、雕塑、音乐、建筑、工艺品、诗文……种种实体美，及精神美、人格美等抽象美，皆可为美。和谐、烂漫、磅礴、壮阔、温柔、热情、博大、健壮、浩瀚、善良、豪放等不同形式是不相同的具体的美，而有着相同的本质。按照百度百科的定义："美，是指能引起人们美感的客观事物的一种共同的本质属性。"老师也说："美是画面刺激眼睛而在大脑中所产生的一种愉悦感。"又说："美是无目的的合目的性。"

不过美感又该如何定义呢？愉悦感就是美吗？"人是万物的尺度"，美是万物之一，所以人是美的尺度。但美又是具体事物的组成部分，必须依托具体事物而存在。因此美是主客观交互作用的产物，此即朱光潜先生的观点。在现代中国，我们应学会从马克思的历史唯物主义和辩证唯物主义观点来思考美。美是人类的概念，人类是社会实践造就的产物，因此美来源于生活，来源于劳动。美也是一种对立统一的综合体，是一般美和特殊美的结合。更为准确地说，美代表了社会绝大部分人对真善的追求，对社会进步的向往。美有着天生遗传的因素（狗无法欣赏美），但更为重要的是社会生活实践的因素（狼孩也无法欣赏美）。

给美下个定义很难，我在这里仅援引众多德高望重之大家的理论，并谈谈自己的浅知拙见。对美的讨论与思考将继续，看似无用却是真正的生活。

李子毅

稚嫩的生机

第二篇

美的历程

——清华园导游记

清华园是美的。任何一个人来到清华园，即使没有任何导游，也会心旷神怡、赞不绝口。然而，让我的朋友们更加充分地感受清华园之美，将美的感觉升华，甚至借此增加美的自觉，却是我本次导游的宗旨。

（一）

初秋的周末，我邀请几位年轻朋友来清华园观光。我们相约在二校门见面。我告诉他们：二校门，就是那个最有代表性的校门。

下午，空气清爽，光照温和，正是游园的好时光。在校门对面的桥头，我们呈扇形站立。我在中间，指着校门，煞有介事地问大家：此时此刻，大家有什么感想？

朋友们犹豫了一下，随后有人说想起了民国时期的建筑，有人问当年这是真的校门吗，有人问"清华园"三个字是谁题写的，七嘴八舌，不一而足。但是其中有一位朋友说：这个校门挺美的。

我笑着说："面对校门，大家的感想很多，但是可能大家都会同意，这个校门很美。我想问大家：为什么这个校门很美？"

朋友们仔细看校门，然后得出了这样一些总结：透过门洞可以看见后面的风景，建筑对称，白色与灰色搭配得很好，与周围的树木很和谐……

我接着问："为什么透视、对称、搭配、和谐，大家就觉得美呢？"

也许在朋友们看来，这个问题太不着调。其中一个朋友随口说道："美感是一种自然的感觉。"言下之意，美就是美呗，这还有什么"为什么"啊！

此时，我发现大家有点不耐烦，开始三三两两交头接耳。我笑着说："我刚才问了三个大问题，请大家思考；刚才我们说过，今天的游览是讨论式的，大家以交流感想为主，而不是听我讲解。"接着，我又问了一系列小问题：一个欧式的门楼上写着三个汉字，大家不觉得不协调吗？如果色彩搭配不是青砖白柱，而是白墙红柱，或者红墙白柱，会不协调吗？如果门楼前面安放两只石狮子，会协调吗？如果这个门楼上面加一个帽子，是那种飞檐琉璃瓦，或者干脆将这个门楼替换为中式牌楼，雕梁画栋，色彩艳丽，大家会觉得美吗？听着这些问题，大家发愣，大家嬉笑。

随后我大声地、快速地说："我给大家讲一下这个门楼的历史：1991 年建立，此前有 4 年空白；1987 年之前 20 年，此处是高达 8 米的领袖戎装塑像；1967 年之前一年，此处是空白；1966 年之前 50 多年，此处多数时间是有围墙的校门，包括这个门楼；1909 年之前，此处是皇家寺庙'永恩寺'的大殿。"

听了我的介绍，大家沉默了，长久的沉默。

我打破沉默，严肃地问大家："知道了这些情况，请大家再看着这个门楼，有什么感想？"

又是一阵沉默。后来有人小声说：有一种历史的厚重感。

等了一会儿，见无人说话，我故作轻松地说："大家还有什么问题，可以提出来。"大家零零星星提了几个问题，随后我说："这个景点就看到这里，让我们走进校门。校门后面有两棵几百年的柏树，是永恩寺的遗物。"

大家说说笑笑走进校门，摸摸巨柏，拍照留念。

漫步走过浓荫的通道，前面是敞亮的广场。我请大家停下脚步，指着大礼堂问："大家一定觉得这座建筑很美，为什么呢？"

有人说这是古希腊、罗马神庙的风格，有人说在美国的大学看到过类似的建筑。我给大家介绍：这座建筑，与美国弗吉尼亚大学图书馆几乎一模一样。据说这种建筑风格是十九世纪流行的美国大学建筑，美国很多学校都有类似的主楼。事实上，就连这个校园广场以及两旁的建筑，整个规划布局都是当时流行的风格；据说穹顶、三角、廊柱的搭配，会给人视觉的美感，并且高大庄重的主建筑，加上开阔宽大的广场，非常适合陶冶学生的情操。我接着说："这样的设计并不奇怪，因为设计师 Henry Murphy 就是美国人；当然，他后来在隔壁的燕京大学却设计了一组大屋顶的中式建筑，则是另外一番故事了。"说完，我又笑着问大家：刚才问大家如果西式门楼改为中式牌楼是不是会不协调，答案自明了吧！一位朋友开玩笑说："刚才有人说门楼红墙白柱搭配也很好看，大礼堂这里实现了！"

大家笑着，到绿色草坪前拍照，然后慢慢地沿着东边的路向大礼堂走。大礼堂前面的地上放着五颜六色的东西，很多学生在忙碌着什么，好像有演出或庆祝活动。我们好奇地路过，不知不觉就来到了荷花池。

我停在"自清亭"前，对大家说："大家随意看，一会儿我们在这里讨论一下。大家高兴地漫步向前，高兴地四处拍照。"

大家回来了，高高低低坐在池塘边的石头上。见大家轻松愉快的心情浮现在脸上，我问大家："这是典型的中国园林，很美；请大家说说，美的元素是什么？也就是说，是什么让我们感觉美？"

马上有人接话："荷叶、水面、柳树，还有建筑、对联，都让人觉得美啊！园林的特点，就是自然风光与人文提炼的完美结合。"

听了这番话，我好开心。我问大家："这里的美，与刚才的美，应该是不同的吧?"大家点头。我接着问道:"大家刚才看了西洋建筑群,一转身就来到了中式园林,没有觉得不协调吗?"大家摇头。有人回头向大礼堂的方向看看,小声嘀咕了一句:哦,隔开了,还以为很远呢。我追问:"如果从空中鸟瞰,一边是西洋建筑,一边是中式园林,大家会觉得不协调吗?"没人回答。

随后,我还边问边说,介绍了一些基本情况:清华园是号称有着三百年历史的皇家园林,位于西山风景区;"清华"二字应该是形容词,因此"水木清华"的意思是池水清澈、树木繁茂,用以描写荷花池的风光;现在的清华园,是皇家园林与西洋建筑的完美结合。此时,我还故意问大家是否注意到了池塘边的朱自清汉白玉雕像和我们身后的"自清亭"及其碑记。此前,已经有人问及这里是不是《荷塘月色》中的那个荷塘,我都装作没有听见。呵呵。

步出荷花池景区,我们看到一大群年轻人从大礼堂方向跑过来,欢声笑语,热闹非凡。他们满头满脸满身都是红的黄的绿的粉末,并且边跑边互相抛撒。一个男孩不小心将粉末撒进了一个女孩的眼睛,随着女孩的一声尖叫,男孩赶紧停下来,用已经花花绿绿的 T 恤衫给她擦眼睛。看来同学们在过狂欢节! 我们远远地站着,看着他们傻笑。

待疯狂的队伍远去,我们来到老图书馆前,悄悄地走进一楼。大理石的墙壁,旋转雕饰的楼梯扶手,偌大的自修室里一排排学生在安静地看书。我们悄悄地走着,静静地看着。在这里,我没有一个字的讲解。

走出图书馆,我对大家说:"校园参观到此结束。"我递给每个人一份校园地图，中间夹着一页纸，是我自己摘录的"名人题清华"。我有事，所以让他们在此等我一会儿。我知道他们会看材料交流感想。

过了一会儿，我回到朋友们中间，笑眯眯地说："大家看到的荷塘，并非《荷塘月色》中的那个荷塘；据说百分之九十九的游客都误会了。"大家惊呼。我接着"卖弄"：有人说，如果没有到过那个荷塘，就等于没有来过清华园！大家惊呼。我最后宣布：要想看那个荷塘，那就再来清华吧！大家欢呼。

随后我们去观畴园共进晚餐。席间我问大家：对于今天的游览，有何感受？大家只顾吃饭，没有几个人认真搭理我，只是零零星星说了几个"原来不知道"。但是我们简单交流了"庚子赔款"和"四大导师"（梁启超、王国维、陈寅恪、赵元任）等情况。

饭后，我们心满意足地往回走，路过图书馆，路过荷花池，路过大礼堂，回到二校门前。我请大家驻足，再次问大家：经过游览，现在看着这个校门，有什么不同的感觉？大家笑。我指着南面说："那里是一大片名人故居，例如梁思成和林徽因就住过；下次大家来，我们要去看看。"

（二）

清华园是美的。任何一个人来到清华园，即使没有任何导游，也会心旷神怡、赞不绝口。然而，让我的朋友们更加充分地感受清华园之美，将美的感觉升华，甚至借此增加美的自觉，却是我本次导游的宗旨。

美感的产生，不外乎三个基本要素：客观、主观和主客观交互作用。客观上，审美对象必须是美的；主观上，审美主体必须有审美能力；二者交互作用上，审美的气氛越好，美感就越强烈，即情景交融。具体到清华园导游，从客观上看，清华园是美的，但并非处处皆美；且美有大小之分，而我们游览的几个景点——二校门、大礼堂、荷花池和图书馆，显然都是清华园之大美者，美之典范。从主观上看，我这些朋友都有高等学历，且很多人有国内国际旅行经验，可谓见多识广的知识阶层，具备一定的审美能力。因此，针对这些朋友的特点，我选择了以上四个景点，在"交互作用"方面下功夫。

说实话，朋友们接到我的邀请，在一个秋高气爽的周末下午参观青青校园，游兴一定早就满满当当了。也就是说，他们在来到校园之前，必定已经做好了美的心理准备。来到二校门，看到这个标志性的建筑，一定"有话要说"。因此，我的导游是建立在这种心理准备基础上的。

在这种情况下，我当然应该让他们先说。事实证明，他们先说，不仅交流了信息和看法，而且增加了参与感，使得思维活跃起来，主动观察和思考。更为重要的是，我相信，随着那三个大问题的展开，大家对美的思考会走向深入，甚至走向抽象的美的问题，即开始美的自觉的过程。当然，这样的讨论和问答式交流，还能够让他们认真听我这个导游所说的话，因为我所说的知识都是针对性的，并且是引导性的。例如，那一系列小问题，不就是使用替换的手法，想象不同的场景，以分辨这个场景之美吗？

对了，选择二校门见面，除了这里比较容易识别和具有代表性之外，还因为这个校门的内涵比较丰富，能够为游览营造一种历史的纵深感，为随后的参观定下一个人文的基调。也就是说，我们看到的清华园，并不局限于目视，而且还有联想。联想，可是美感产生的一个重要原因啊。

当然，游览不是上课，此地不可久留。见大家开始不耐烦，我就必须转换场地了。

远远地望着大礼堂，我单刀直入，直接问大家为什么觉得美。我没有像刚才那样，不慌不忙地，三个问题一个一个地问，因为那样的重复是大家无法忍受的，并且在这里，视野范围内，内容非常丰富，大家不可能老老实实盯着大礼堂看上二十分钟。然而，此处的提问虽然非常简单，却与门楼前的问题一脉相承。或者说，门楼前对美的讨论为此处的提问提供了基础。此时，我的导游词也直截了当，不像门楼前那样遮遮掩掩、磨磨叽叽。

我猜测，朋友们的心情，与刚才看门楼时的单调乏味相比，应该是丰富多彩的。如果说门楼让他们心情凝重，广场就让他们豁然开朗了。从心理活动看，如此的一收一放，会使人的心情如释重负。因此，带着这样开阔的心境，走进幽静的"水木清华"，心情再次稍稍收了一点，这样的变换能够使得注意力专注起来。

何况这里是如此美的、我们所熟悉的园林啊！到了这里，我如果跟着介绍风景，就"煞风景"了。到了这里，最好的导游，就是让他们自己去逛，说笑拍照，随心所欲。当然，这次游览是一次美的历程，当我让他们说说美的要素，他们似乎并没有感到怪异。恰恰相反，一位朋友三言两语的总结，提炼出了中国园林美的精华。相信大家去过园林无数，但是对园林的美进行总结，进行"美的自觉"，恐怕这是第一次吧！何况这还是出自游客自己的口中呢？我有点好奇地猜想：经过今天的游览，朋友们今后旅游参观，会不会"上个层次"，不仅能够比别人发现更多的美，而且能够说出一二呢？此外，此处我还刻意提醒他们对比刚才参观西洋建筑的不同感受。对比之下，美感才更加突出啊。但是为了避免影响大家的游兴，我也适可而止，没有借此进行"理论总结"。事实上，在我看来，中式园林最能说明美感产生的一个重要原因，即移情。也就是说，园林里的湖光山色、一草一木、曲径通幽，勾起了我们每个人心中隐居山林的愿望，而"水木清华"横匾，"……都非凡境……洵是仙居"楹联，更是给我们提供了强烈的暗示。到了这样的地方，我们能不感到美吗？

从园林到图书馆，是从"幽静"走入"静"。到了这里，连问大家"为什么美"都没有必要了。在这样的环境中，问大家"为什么美"，或者"有什么感觉"，岂非多此一举？这里的美，是一种静谧的美，一种求知的美，一种年轻的美。相信这些朋友每个人心里都荡漾着一种柔情。他们脚步轻轻、窃窃私语的神情，已经揭示了这一点。当然，我还是有点好奇地猜想：在这次美的历程中，此时此刻，他们会不会自问：为什么到了这里，心情会如此静静的、飘飘的？

这种美，恐怕是只有在校园里才会出现的。朋友们当初接到邀请，一定想起了自己的大学时光。来到校园，看到这么多年轻人，他们一定也心里年轻起来，以至于遇到那么"疯狂"的学生，他们只是宽容地傻笑。这是一种特殊的美，是建筑、风景、人文和历史所不能够带来的美。我最后选择图书馆景点，就是这样的目的。当然，我的朋友们是幸运的，他们看到了校园里最为青春的一幕。我想，这一幕，一定让他们心中的美舞动起来。在这种心境下，看了"名人题清华"，他们会不会有强烈的共鸣感和明显的提升感呢？

最后的餐聚，给大家提供了集体交流的机会。通过分享，美感的内涵能够得到扩展。回程的简单回顾，是一种"复习"，温故知新。不仅如此，从二校门出发，回到二校门，在这圆满的三个小时里，发生了那么多事情。大家仰望天空，黄昏中的门楼，必定给大家一种新鲜的感觉。那么，此刻的美感，与游览开始时的美感，有何不同呢？这一切，是如何发生的呢？

对了，此荷塘非彼荷塘的"卖关子"，以及名人故居的"吊胃口"，都是为了让游客们留点念想。意犹未尽才是美的。当然，实事求是地说，近春园的荷塘很美，月光下是三百年皇家园林的变迁；照澜院、胜因院和新林院很丰富，院子里是近百年风云变幻的历史。我邀请朋友们再访清华，实非虚诓之言，因为我这个清华园里的人，就时常徜徉在西山风光、皇家园林、西洋建筑和名人故居之间，融汇在年轻人中间，仿佛"行走在美的光彩中"，在感受，在体会，在"自觉"……就像此刻，在回味与朋友们度过的那么一段"情景交融"的美好时光。

杨国华

第三篇

美的本质

——从个人经验出发的哲学思考

参观博物馆多了，我悟出了一个道理：不能贪多，要专注。博物馆展出的都是精品，而每次参观的时间有限，与其走马观花看很多，不如专心致志看一个专题，甚至一两件展品。

（一）

我不是画家，也没有学过艺术专业，但油画是一种艺术形式，我当然是知道并敬畏的。以前去世界各地出差，每到一地，有时间就去博物馆逛逛，有幸参观过伦敦的大英博物馆，纽约的大都会博物馆，圣彼得堡的艾尔米塔什博物馆（冬宫博物馆），华盛顿的国家艺术馆，等等。博物馆和艺术馆的展品很丰富，但是对于众多展厅里一排排大大小小、琳琅满目的油画，我却没有太深的印象，对于画家、风格、画派和艺术史上的地位，等等，更是不甚了了。看了一些油画欣赏和艺术方面的书籍，仍然是囫囵吞枣，似是而非。因此，每次去博物馆，油画部分是步行速度最快的，真可谓行色匆匆、浮光掠影！

参观博物馆多了，我悟出了一个道理：不能贪多，要专注。博物馆展出的都是精品，而每次参观的时间有限，与其走马观花看很多，不如专心致志看一个专题，甚至一两件展品。于是，在这种感悟的指引下，我渐渐对古希腊、罗马雕塑（例如大理石雕刻的细腻表情和衣服褶皱）和十八世纪欧洲装饰艺术（例如贵族起居室的富丽堂皇和精心布置）等有了点心得，并且在花了整整四个小时后，对华盛顿国家艺术馆达·芬奇的一幅名画（少女的丝丝金发）和罗丹的一尊雕塑"地狱之门"（繁复震撼）有了点认识。对我而言，"看懂"了一些展品，就是打开了艺术之门，开始感受到亲切和愉悦。

带着这点"经验"，2016年夏天，我走进了波士顿美术馆。我的计划是看古希腊馆。我果然看到了珍品，特别是一只巨大的陶罐，形状优美，图案丰富，让人惊叹于欧洲艺术的源远流长。几个小时后，像往常一样，我准备将剩余时间用于了解艺术馆全貌，却在不经意间踏进了莫奈专题展室。这里全是莫奈的油画，那些光和色彩深深吸引了我。不知道为什么，对那些古典油画，不管是人物还是风景，不管是巨幅还是小巧，我都没有什么感觉。这些油画的技巧确实高超，肖像的内心，田园的闲适，贵族的奢华，农家的简朴，英雄的叱咤风云，战争的惨烈震撼，都清晰逼真、栩栩如生地展现在我们面前，但是我只是觉得好看而已，并没有像莫奈的光和色彩那样，深深地打动我，触及我内心中的某个领域。莫奈的画是模模糊糊的，人物和景观都不清楚，但是光和色彩却是那么突出，以至于走出展室，模模糊糊的心中，却总是有一些亮光和彩色。这真是一种奇妙的感受！

于是，第二天我又来了一次，专门看莫奈，因为我知道这里是法国之外收藏莫奈油画最多的美术馆，多达四百幅！于是，可以想见，此后参观博物馆，在洛杉矶盖蒂中心博物馆（Getty Center），在旧金山艺术博物馆（Legion of Honor Museum），回到华盛顿国家艺术馆和纽约大都会博物馆，莫奈都成了首选。

去年到今年的清华艺术博物馆三次西方油画展览——"从莫奈到苏拉热：西方现代绘画之路（1800—1980）"、"穿越大洋的艺术：美国印第安纳大学埃斯凯纳齐艺术博物馆藏19—20世纪风景画展"和"西方绘画500年：东京富士美术馆馆藏作品展"，我也是直奔莫奈。好在莫奈是高产画家，据说一生画了两千多幅，世界主要博物馆都有收藏（中国好像没有博物馆收藏）。渐渐地，我发现并不是莫奈的所有作品都好看。灰蒙蒙的大教堂和孤零零的农舍，我就觉得不好看。

睡莲、花园和日本桥是他的经典，在完全相同的背景下，光和色彩的细微差异让人惊叹，但是似乎也有高下之分。

华盛顿国家艺术馆有三张大幅油画，分别是日本桥（睡莲）、花园和妻儿（"莫奈夫人与她的儿子"），显然是莫奈的精品。日本桥（睡莲）在清晰与模糊之间达到了绝妙平衡，水光一色。花园里的向日葵、儿童和房屋也内涵丰富，色彩鲜明。特别是莫奈妻儿的油画，是一个撑伞蒙纱穿裙的妇女与一个男孩站在山坡上，风吹动着衣服和草木，柔和的光线，淡淡的色彩，一切都在朦朦胧胧之间，却深深打动了观众。这三张油画摆在展厅入口处最为显要的位置，表明了它们在该馆中的地位。相比之下，另外十几幅莫奈作品，只是悬挂在后面一个展厅的墙上，默默等待着看有余力的观众。我还读了几本关于莫奈和印象派的书籍，大概明白了莫奈在艺术史上承上启下的地位，上接古典写实的风格，下启现代抽象的创新，知道他的光和色彩之所以丰富变幻，是因为那是自然的光线及其在景物上的反射，而不是画室内一成不变的人造光线。当然，能够观察到这些光和色彩的变化，并且调制或重叠出油彩，用轻重缓急的笔触展现在画布上，这是天才画家才能做到的事情。事实上，根据我的直观感受，写实的古典油画经历了几百年（从文艺复兴到启蒙运动），在技巧方面已经尽善尽美，同时也走上了穷途末路。

对于画家来说，无法超越，简单重复，无异于死亡。因此，莫奈不仅开启了画风，而且为画家找到了生路。光和色彩不再是人物和景观的辅助，而是成为画面的主题；油画不再以清晰逼真为目标，而是还原视觉的真正功能，即对光和色彩的感应。难怪那些模模糊糊的画面能够打动人。

（二）

以上就是我欣赏油画的个人经验，从漫无目的地逛博物馆，到专注于某些主题或作品，到"偶遇"莫奈，到对莫奈作品的优劣评判，一直到对艺术和艺术史的感悟。我的经验总结是：油画欣赏，一定要有量的积累，也就是多看。油画欣赏的过程，是归纳过程，即从经验中总结出一些特点，而不是演绎过程，不能从书本或理论中提高欣赏水平。在多看的基础上，选择自己感兴趣的专题，深入下去，就可能打开油画欣赏的大门，从门外徘徊，到登堂入室。

从莫奈入门，越看越有味道，越来越有门道。然而，就像从逛博物馆感到愉悦，从欣赏古希腊古罗马雕塑和欧洲装饰艺术感到愉悦，从达·芬奇和罗丹作品感到愉悦，最后从莫奈油画感到愉悦，甚至每日从清华园风物感到愉悦，一直有个问题在困扰着我：什么是美？美的本质是什么？从经验出发，欣赏艺术品感到愉悦，我们知道这就是美感，我们知道油画是美的。然而，这只是感性的认识，而不是理性的思考。人类具有好奇心，凡事总要刨根问底、追根求源。我们看到这也美，那也美，于是我们就想归纳总结出美的本质来，试图给美下一个定义。探寻美的本质，未必是想总结出美的规律，从而演绎指导艺术创作或艺术欣赏，而更多是满足好奇心。

于是，我们自然而然要去阅读古圣先贤的著作（见附录），并且很快就会发现，关于美的本质的研究，已经形成了一个专门的学科——美学。我们发现，近现代一些大名鼎鼎的哲学家和文学家，都对美学做过系统的思考和论述，例如康德、黑格尔、歌德、莱辛和克罗齐，等等，甚至追溯到古代的柏拉图和亚里士多德，其中康德的观点最具启发性（审美的四个特征："质"：它是愉悦的，但是不带任何利害关系；"量"：它是普遍的但不是概念；"关系"：它具有合目的性，但无目的；"样式"：它是主观的，却带有必然性）。中国的朱光潜和宗白华等人也对美有过研究。不仅如此，我们还会发现，关于美的本质，完全是众说纷纭、莫衷一是。阅读的结果，我们可能更加感到不知所措。看来哲人们不一定能够提供明确的答案。

求人不如求己。在阅读受到启发的基础上，也许回到个人经验，沿着自己欣赏油画的历程，能够找到一些线索，或者厘清一点思路。例如，我们看到一幅油画，感到愉悦。这一切是如何发生的？

这个过程，至少有两个要素：油画和眼睛。油画是对象，没有油画，"油画美"就无从谈起。眼睛是工具，眼睛不好，就无法看到油画。此外，生物学告诉我们，感觉是大脑的活动；具体而言，审美活动发生在右脑，眼睛不过是将信息传递到大脑的工具而已。因此，欣赏一幅油画的生理过程，就是眼睛的视觉神经接收到油画的色彩、构图、风景和人物等光波，然后传递到大脑产生了愉悦的感受。

假设关于这个生理过程的描述是对的，却没有解决美的本质问题。第一，油画的美是否客观？在博物馆里，我们看到的都是精品，都是美的油画。然而我们知道，初学者或者拙劣画家的作品，就不一定是美的。那么，什么样的油画才是美的？换句话说，是否有不经人们主观判断的客观独立的美？色彩的和谐（或者故意的不和谐），构图的平衡（或者故意的不平衡），风景的柔和（或故意的夸张），人物的突出（或故意的平庸），是否有规律可循？这些规律是如何形成的？第二，大脑为什么会产生愉悦感？这种愉悦感是先天就有的，还是后天培养的？我们知道，美术馆里的狗，从小到大天天看世界名画，可能都不会产生愉悦感。那么，这是否意味着我们每个人先天就具有审美的能力，经过后天的培养就会形成审美的趣味？继续追问：我们每个人都是来自一个卵子和一个精子的偶然相遇，那么我们的先天能力一定来自母亲和父亲的遗传，而我们父母的先天能力则一定经历了人类发展的漫长进化。

至此我们发现，油画美是有客观标准的（尽管这些标准仍然是人们在感觉上的共识，可能是长期演化而来，并且仍然可能继续演化），非此无法解释油画的优劣。我们还发现，对油画的欣赏能力具有先天基础，并且可以通过后天得到强化。从生理过程看，我们也许可以给美下一个定义：美是画面刺激眼睛而在大脑中所产生的一种愉悦感。这个定义并没有解决美的本质问题，而只是描述了审美的过程。但是通过这个过程，我们却发现了油画美的客观性，以及审美能力的可塑性。具体到实际生活中，就是画家可以创作美的作品，而欣赏者可以提高审美能力。经常欣赏油画，对美的敏感性就会增强，从而能够发现更多的美。从个人经验看，与莫奈的相遇，让我对清华园四季变换、早晚不同的光影和色彩，有一种特别的青睐，以至于清晨清华路上一片逆光的金色玉兰树叶就能带来一天的快乐。我仍然无法回答"什么是美"，但是通过对美的思考，我似乎增加了美的自觉和亲切感，仿佛增加了对一位朋友的了解。

杨国华

附录：美学参考书（1/2/9/10/14/15 为重点参考）

1.《美学史》（鲍桑葵）

2.《美的历史》（艾柯）

3.《美学的历史》（克罗齐）

4.《西方美学简史》（王文生）

5.《西方美学史》（朱光潜）

6.《德国古典美学》（蒋孔阳）

7.《美学》（黑格尔）

8.《席勒经典美学文选》（席勒）

9. *Critique of Judgement*（《判断力批判》，康德，英文，Oxford）

10.《谈美　文艺心理学》（朱光潜）

11.《美学散步》（宗白华）

12.《美的历程》（李泽厚）

13.《美学原理》（叶朗）

14.《美是一个混血女郎》（钱定平）

15.《审美的脑：从演化角度阐释人类对美和艺术的追求》（查特吉）

16. *The Story of Art*（Gombrich）《艺术的故事》贡布里希

17.《艺术哲学》（丹纳）

18.《剑桥艺术史》（全 8 册）

19.《牛津西方艺术史》（坎普）

20.《读懂印象派》（嘎尔）

21.《听懂一幅画：从达·芬奇到莫奈》（将行）

第四篇

康德美学浅说

——以油画欣赏为例

当我们以这样的心态，像一个儿童一样，充满好奇，随时提问，我们可能会发现他的观点很有见地，将我们带入他的体系中，从一个全新的视角审视周围的事物和反思自己的内心。康德哲学受到推崇，并不在于其绝对性和完美性，而在于其体系性和启发性。

（一）

美的四个角度（moment）：

一、质（first moment of the judgement of taste: moment of quality）：鉴赏是通过不带任何兴趣（功利）的愉悦或不悦而对一个对象或者一个表象方式作评判的能力。这样一种愉悦的对象就是美的（Taste is the faculty of judging an object or a mode of representation by means of a delight or aversion apart from any interest. The object of such a delight is called beautiful.）。

二、量（moment of quantity）：无须概念而普遍让人喜欢的东西，就是美的（The beautiful is that which, apart from a concept, pleases universally.）。

三、关系（moment of the relation of the ends brought under review in such judgements）：美是一个对象的合目的性的形式，如果这形式无须一个目的的表象而在对象上被感知到的话（Beauty is the form of purposiveness in an object, so far as this is perceived in it apart from the representation of an end.）。

四、模态（moment of the modality of the delight in the object）：无须概念而被认识为一种必然的愉悦之对象的东西，就是美的（The beautiful is that which, apart from a concept, is cognized as object of a necessary delight.）。

——选自 *Critique of Judgement*（Oxford，第 35—74 页）；《判断力批判》（李秋零：《康德著作全集》第 5 卷，第 210—253 页）

（二）

以上就是康德对美下定义的著名的四个角度。之所以说是四个角度，是因为从每个角度都可以对美下一个独立的定义，而不必依赖于其他角度能否成立。然而，综合四个角度，能够看到美的全貌，对美下一个完整的定义，因为康德认为，所有认知和思考都应该从这四个基本方面出发；这是知识的结构，也是人类先天就具有的理解力（*Critique of Pure Reason*，Penguin，第 105—106 页 ）。此外，"moment" 这个词很有意思，表达的是时间（"时刻"），因此可以想象一个人围着一件艺术品，从不同角度细细观看的情形。

像绝大多数人一样，看着以上四个定义，我一头雾水；每个字都认识，但是康德到底要说什么，却是不得其解。此处需要首先说明一下文本问题：康德的原著当然是德文，而英文和中文都是译文。我不识德文，但是据说康德的德文不仅不是现代德文，而且在当时也有自己的风格，语法和用词晦涩难懂，以至于今天受过高等教育的德国人也轻易不敢涉足。译文自然就间接了，是译者咀嚼过后的饭菜，但是也有利于不懂德文的人，甚至不敢或不愿读康德德文的德国人吸收康德思想的营养。我将中文和英文对照，是因为英文可能留下的"营养"更多一些，毕竟英文和德文都是日耳曼语系，而中文未必有完全对应的语法和词汇。事实上，相比之下，英文确实比中文更好懂一些。最后需要说明的是，中文采用的是李秋零译文，他是从德文原文翻译的，但是与英文似乎并没有完全对应。这一点很好解释：即使面对相同的德文原文，李秋零与 James Creed

Meredith 的个人理解和遣词造句也不一定一样，就像李秋零与邓晓芒的中文译文也有差异一样。

康德原文的复杂性加上后世译文的间接性，仅仅从语言上就给我们设置了两道门槛。不仅如此，我们知道，要想理解康德美学思想，不仅要读《判断力批判》第一部分"审美判断力的批判"第一卷"审美判断力的分析论"第一章"美者的分析论"，即详细阐述四个角度的核心部分，而且要读第二章"崇高者的分析论"，因为康德在这里不仅分析了美与崇高的异同，而且大谈艺术美的本质；而且要读第二卷"审美判断力的辩证论"，因为康德在这里试图解决鉴赏中的一些悖论。这只是本书的第一部分，而第二部分"目的论判断力批判"，两个部分合在一起才构成了完整的"判断力批判"，可见"审美"与"目的论"之间的密切关系。事实上，第二部分开始就谈了二者的关系，"审美"与幸福和人生价值等确实都属于人的主观感受，并且"目的"等词也是第三个角度"关系"中的关键词。也就是说，第二部分有利于对照理解"审美"。最后，毋庸置疑，要想理解康德美学思想，还要读他的另外两大批判：《纯粹理性批判》（认识论）和《实践理性批判》（道德论）；康德自己将本书称为连接这两大批判的桥梁，我们也发现他在用认识论中的四个基本范畴（即质、量、关系和模态）分析审美，并且认识、审美和道德似乎真有顺理成章的先后关系。

理解康德美学思想，这似乎是必经之路，然而这条路却是崎岖不平，充满艰难险阻的，甚至难于上青天，因为康德哲学体系以完整而复杂著称，并且饱受批判和诟病——黑格尔就不同意他的很多哲学判断以及美学分析，罗素甚至说他的时空理论不易讲清楚是因为他自己就没有说清楚！然而，有趣的是，当我们放弃全面把握康德美学思想的野心，以一个普通读者的心态，慢慢地阅读他对美的分析，包括那四个角度，我们可能会发现，康德是在从自己的哲学体系出发，抽丝剥茧地剖析美的本质，仿佛一位老者（康德那年66岁）向一个儿童讲解墙上的一幅油画，深入浅出，自然亲切。他的语法和词汇其实并不艰深，只是叙述有自己的风格，用词有独特的含义。他生怕别人听不懂，有时候甚至絮絮叨叨，颠三倒四。他是个智者，思维非常严密，但是这并不意味着他的判断都是对的、他的推理没有漏洞和跳跃。

当我们以这样的心态，像一个儿童一样，充满好奇，随时提问，我们可能会发现他的观点很有见地，将我们带入他的体系中，从一个全新的视角审视周围的事物和反思自己的内心。在此过程中，我们可能觉得他并没有提供明确的答案，但是我们却觉得深受启发。摒弃功利的目标，即全面把握康德美学思想，我们却得到了阅读和思考的快乐，并且开始用他那样犀利的眼光和思维，常常思考世界和自我的本质。康德哲学受到推崇，并不在于其绝对性和完美性，而在于其体系性和启发性。

（三）

很多哲学著作都在试图全面评述康德美学思想，其结果往往是越说越复杂，越说越让人觉得糊涂。我不敢对作者妄加指责，说他们作为研究者，自己可能也没有完全理解康德。事实上，我们应该相信那些皓首穷经的专业研究者，他们一定把握了康德思想的精髓。然而，康德哲学体系庞大，对每一个方面都深入研究不太可能。此外，学明白了，与写明白了仍然有一定距离；这并不是怀疑他们的写作能力，尽管写作能力的确可能是一个问题，连康德本人都有这样的问题，而是复述就像翻译一样，是一个"贪污"的行为，将原文的很多内容据为己有，何况还有两种语言本身差异的障碍。还有，如果真如罗素所言，康德自己也没说清楚，那么就不能指望研究者写清楚了。因此，我们想思考美的本质问题，而康德提供了一些思路；比较可靠的方法，就是放下包袱，以一个普通读者的心态，看看康德怎么说，然后看看这些说法是否有利于我们思考。本人不才，学识有限，只是康德著作的业余爱好者，不敢尝试复述康德美学思想；只是想以油画欣赏为例，大致验证康德美学的思路。此处首先需要声明的是：我对康德的理解不一定正确，将其适用于油画欣赏就更不一定正确，但这是我在读了康德之后欣赏油画的真实感受，自我感觉对美的本质有了进一步思考。

如上所述，美的四个角度，是按照康德认识论的四类范畴出发的，而这四类范畴中，每个范畴下面又有三类范畴，因此总共"十二范畴"，分别为：数量（单一性、复杂性和全体性）、质量（实在性、否定性和有限性）、关系（依存性与自存性、因果性与隶属性、共联性）和模态（可能性—不可能性、存在—不存在、必然性—偶然性）。

此外，在"崇高者的分析论"标题下，康德将美分为自然美和艺术美，艺术美又进一步分为言语艺术（演讲和诗歌）、造型艺术 [塑性艺术（雕塑和建筑）和绘画] 和游戏（音乐和色彩）。造型艺术是"感官在直观中的表述"，而绘画是"感官幻象"的艺术，分为"对自然美的描绘的艺术和对自然产品的美的组合的艺术；前者会是真正的绘画，后者则会是园林艺术"。

最后，康德还强调：世界上没有什么"美的科学"（science of the beautiful），只有"美的艺术"（beautiful art）。将康德美学理论用于油画欣赏，当然应该从一一理解这些范畴和分类开始，然后结合油画进行解释。然而这样的效果必定像其他哲学著作那样，越说越复杂，越说越让人觉得糊涂。因此，让我们反其道而行之，直接从油画欣赏出发，看看康德美学理论是否得到呼应。这是一种从经验到理论的归纳法，而不是从理论到经验的演绎法，可能不利于把握理论的全貌，因为人的经验毕竟是有限的，但是可能有利于我们比较直观地理解理论，甚至进而打开理论的大门。

让我们假设一个场景：你与几个朋友相约走进清华大学艺术博物馆，观看"西方绘画 500 年：东京富士美术馆馆藏作品展"。你们站到莫奈的油画《睡莲》前，静静观赏。你们觉得画面很美，轻声交流感想。这种美是你通过眼睛感觉到的，而不是别人给你讲解的。这种感觉是一种愉悦，而不一定是善良和高尚等。你们几个人都觉得美，尽管可能有例外。你们能够用语言交流这种感受，尽管每个人的表达能力不一定相同。最后你还发现，莫奈也许想表现什么，但是这一点对你并不重要，因为你只要感到愉悦就行了。走出美术馆，你可能会感到心满意足，因为来看画展的预期目标就是获得快乐，而现在这个目标圆满实现了，尽管你也从中学到了不少知识。看画展真是一种奇妙的体验，与吃大餐和学英雄大为不同。看画展就是寻找美的过程，因此特别适合反思美学问题。

仔细想想，在此过程中，四个角度中的主要内容都有所反映了：美能带来愉悦，但这种愉悦并非口腹或者功利之乐（质）；美是人们共识，但这种共识不是通过概念推演而来（例如数学或物理的规律）（量）；美通过形式而不是内容表现（关系）；美可以交流而非独有（模态）。也就是说，我们看到了康德所用的古怪表述"无利害感"、"没有概念的普遍性"、"没有目的的合目的性"和"没有概念的必然性"，等等（蒋孔阳：《德国古典美学》）。

因此，在康德看来，对于美，不能像画面中的"树"、"房"、"山"和"人"一样，给出一个具有清晰内涵和外延的概念，因为美不是物，而是一种感觉，只能从不同角度加以描述，描述的方法是正面加对比，即"是"加"不是"的模式。在四者关系上，似乎有递进和深入，符合我们看画展的经验，例如从个人觉得美到大家一起交流，从表面感受到内心思考。但是"量"和"模态"显然有重叠，因为共识是交流的基础。

四个角度总结了我们看画展的重要方面，但似乎并非所有方面。例如，为什么听了讲解，我们会觉得这幅莫奈更美？为什么仍然有人不喜欢这幅莫奈？为什么其他油画会给人不同感觉（例如恐惧、震撼、圣洁和童趣）？人物画和风景画有什么区别？历史画和生活画有什么不同？结合绘画题材和风格的多样性，我们甚至开始怀疑四个角度的适当性。例如，《堂吉诃德在他的图书馆》中，人物一副惊恐怪异的表情，难道这幅画就不是美的？《暴风雨来临前的海景》中，天空中乌云翻滚，船只行将倾覆，难道这幅画就不是美的？也就是说，没有给人愉悦感的油画，人们喜恶差异很大的油画，内容重于形式的油画，难道都不是美的？看来，四个角度只是探讨了"美感"的一个方面，即愉悦感，而没有涉及"美感"可能具有的其他方面，包括负面情绪。

有人说康德的艺术体验非常有限（*Critique of Judgement*，xvii）。我们可以想象，在康德终身没有离开过的那个小地方哥尼斯堡，甚至可能都没有多少油画可以欣赏，更别说"西方绘画500年"这样的综合展览了。然而，康德却从美所带给人的愉悦感出发，结合认识论的结构，对美的本质进行了描述，从而开启了美学研究的大门。他是如何以有限的体验，从"人类理性"出发，发现美的本质的？这个问题的答案，与下一个问题的答案可能是一样的：他是如何身居小镇而用"三大批判"构建整个世界和人类内心的？答案是：他是天才！他的大脑里装着整个世界和人类内心，尽管他只是一个身高一米六的小老头。

杨国华

附录：参考书

1. *Critique of Judgement*（Kant, Oxford）

2. *Critique of Pure Reason*（Kant, Penguin）

3.《康德哲学讲演录》（邓晓芒）

4.《西方美学史》（朱光潜）

5.《德国古典美学》（蒋孔阳）

第五篇　我走在美的光彩中

不知谁会在这里倚坐，

是热恋的情侣，

是欢乐的家庭，

还是相伴的老人？

斑斓的阳光射在地上，

我走在美的光彩中。

注："走在美的光彩中"（walks in beauty），拜伦诗句。

雪压松枝

（一）

初秋的清晨，

我走进西校门，

灿烂的阳光洒满全身。

宽敞的清华路，

杜仲依然繁茂，

用浓绿的华盖遮护行人。

小桥两岸是高大的垂柳，

细长的柳枝，

亲近着万泉河的清流。

我知道，

左前方，

那绿荫掩映之间，

是著名的西院，

王国维、陈寅恪、闻一多、朱自清、吴晗，

曾在那些四合院里著述。

向前走，

近春路，

小桥下河水潺潺，

通向朱自清"日日走过的荷塘"。

左边出现苍松翠柏了，

用纤小的针叶，

衬托着我一侧的阔叶。

向前走，

熙春路，

小桥下河水清清，

映衬着泛黄的银杏叶，

粉红的月季花。

一条宽敞的石椅，

面向小河，

环绕着郁郁葱葱的冬青。

不知谁会在这里倚坐，

是热恋的情侣，

是欢乐的家庭，

还是相伴的老人？

斑斓的阳光射在地上，

我走在美的光彩中。

（二）

二校门就在眼前了，

在阳光下洁白、优雅，

百年沧桑，

兴衰荣辱，

没有一点写在脸上。

踱过汉白玉小桥，

是照澜院，

赵元任、俞平伯、李济、

张申府、冯友兰、梅贻琦、马约翰，

居住的院落。

再往南行，

还有胜因院、新林园，

梁思成、林徽因、

潘光旦、张岱年、王力、金岳霖、

萧公权、费孝通、罗念生、周一良，

曾经属于他们的小洋楼。

历史已经久远，

历史就在眼前。

（三）

向北看去，

透过二校门的圆拱，

远处是大礼堂的红面白眉，

古希腊神庙的穹顶、三角、廊柱，

高大、庄重。

胜因院 22 号

宽阔的大草坪，

"清华学园"的英国式山花、法国式的宽窗，

相伴着工字殿的巧飞檐、大屋顶。

那"清华园"宫门后的大院里，

发生了太多、太多的故事。

吴宓写诗的"藤影荷声之馆"，

梁启超"假馆著书"的"还读轩"，

泰戈尔的访问，罗素的漫谈，

也许是最小、最小的情节。

殿后"水木清华"景观，

荷花池，垂杨柳，假山石，红廊柱，长对联，

"槛外山光……都非凡境，"

"窗中云影……洵是仙居。"

西洋建筑，

皇家园林，

如此和谐共生，

在这西郊演绎一段美的传奇。

（四）

我收回思绪，

回到眼前。

一侧的银杏树已经金黄，

与太阳争着光辉。

小河里落满了树叶，

厚厚的，浅色的深色的。

对岸的树枝伸过来，

想要跨越河面。

阳光从水中发射上来，

闪烁、耀眼。

向前走，

站在桥头，

北望图书馆，

爬满藤蔓的红砖墙内，

曾经为杨绛艳羡，被钱锺书"横扫"。

后面是北院，

大师云集的住所，

梁启超，吕叔湘，叶公超，蒋廷黻，

钱三强，叶企孙，陈岱孙，华罗庚……

北院不再，大师永存！

（五）

我站在桥头，

向前看去，

高大的梧桐树下，

五彩斑斓的阳光。

我知道，

向前走，

我将汇入匆匆的人群，

莘莘学子，辛勤园丁。

向前走，

我走在美的光彩中，

身后是圆明园、颐和园的辉煌，

玉泉山玉峰塔的身影。

杨国华

附录一

作者（"清华学"选课学生）名单

（以姓氏拼音为序）

姓名	学院	年级
艾海林	社科学院	2016 级
曹文潇	法学院	2016 级
陈弘一	工物系	2018 级
陈颖思	法学院	2020 级
邓浩鑫	水利系	2016 级
邓明鑫	水利系	2016 级
冯 翔	法学院	2020 级
冯 尧	电机系	2016 级
傅 森	土木系	2016 级
高翔天	能动系	2017 级
黄世云	法学院	2020 级
贾自立	土木系	2018 级
姜 锴	工物系	2018 级
李曙瑶	经管学院	2020 级
李旺奎	水利系	2016 级
李子毅	化学系	2018 级
梁志龙	材料学院	2016 级
凌 睿	数学系	2018 级
刘 娟	社科学院	2016 级
刘羿铭	材料学院	2016 级

姓名	学院	年级
沈文萱	法学院	2020 级
石家豪	致理学院	2020 级
史若松	材料学院	2018 级
隋　鑫	化学系	2016 级
田润卉	社科学院	2016 级
王　霞	法学院	2020 级
王浩宇	电子系	2018 级
王艺如	土木系	2018 级
肖　杭	美术学院	2017 级
徐　闯	工程物理系	2018 级
闫子儒	生命学院	2018 级
杨自豪	无线电系	2018 级
叶　静	法学院	2020 级
游　奎	化工系	2016 级
余　标	化学系	2016 级
余发涛	工物系	2019 级
张鹤龄	电子系	2020 级
张云泽	法学院	2020 级
周　涛	数学系	2016 级
周令惟	法学院	2020 级
周心怡	土木系	2016 级

附录二

论"清华学"

也许这是第一次有人提出并论证"清华学"。

清华学之目标：博学多识；发现身边的美。

——杨国华

摘要：清华大学风景优美、历史悠久，以其丰富的自然景观和人文底蕴，足以成为一门学科。从"清华概况"看，清华是大学校和小社会；从"清华校史"看，清华是中国近代史；从"清华院系"看，清华是百科全书；从"清华校园"看，特别是从设计、园林、建筑、奇石、植物和雕塑等方面看，清华是皇家园林和现代大学；从"清华大师"看，清华曾经大师云集；从"清华名篇"看，清华美文传诵百年。"清华学"的研究对象是清华园内的风物，研究目标是博学多识和发现身边的美，研究方法是文献阅读、交流讨论、实地考察和四季体验。没有足够的内涵不足以支撑一门学科，而"清华学"如能带动其他校园"学"之研究，则影响更加深远。

关键词：清华大学　清华学　学科　知识体系

一、缘起

清华曾是我多次造访的地方。当年从家乡来北京旅游，参观过清华。后来在北京读书，到清华听过讲座。再后来客居京城，到清华开过会、讲过课。然而，当八个月前，我来到清华工作，却发现此前对清华的了解几乎为零！[①] 皇家园林"清华园"竟然有那么悠久的历史，"庚子赔款"清华学堂竟然有那么复杂的开端；校园内竟然有那么多中西合璧的建筑，学校竟然曾经有那么多学贯中西的大师；"水木清华"人间胜景，"荷塘月色"意味悠长；奇花异草，奇石美玉，"长河观柳"，[②]"学堂"车潮，[③]令人目不暇接。很快，我就如痴如醉地爱上了清华。

我买了很多书，了解清华的历史和景观。不仅如此，我还一遍遍来到书中介绍之处，实地查看对照。"工字厅"三百年前派什么用场？建校时"永恩寺"古井位于何方？美国为何退款中国？"留美预科"如何变成大学模样？"大礼堂"是什么建筑风格？设计师墨菲（Henry Murphy）为何来到东方？梁启超在哪里演讲？朱自清从哪里路过荷塘？王国维为何"自沉"？陈寅恪学问凝聚何方？校园设计最初如何？园林布局艺术何在？什么是紫荆？什么是丁香？"桂韵"火山岩是何来历？"母育子"花玉美在何处？"万泉河"从哪里发端、流向何方？梁思成、林徽因当时住在哪里？这里的孩子们为何如此高智商？……

---

① 本人于 2014 年 8 月从商务部条约法律司调入清华大学法学院工作。

② 指校河两岸杨柳飘飘的景观。

③ 指学生沿学堂路骑车上课、下课的景观。

　　我邀请很多朋友来观光。他们都来过清华。令人惊讶的是，他们对以上问题几乎一无所知。也就是说，他们对清华的了解，也是几乎为零，任我"炫耀"现炒现卖的点点心得。我渐渐胆子大了起来，甚至敢于邀请清华毕业生加入我的"旅游团"。他们在清华园生活过若干年，当然对历史掌故、人文景观等有所见闻，但是面对我这个新来的人提出的问题，常常不知所措，或者以讹传讹。后来，我又与在校生和在职老师交流，发现他们对清华的了解也大多支离破碎、浅尝辄止。当我给他们讲清华的历史、人物、景观的时候，他们也是听得津津有味。我不禁感慨：清华这座宝藏，没有得到有效开发啊！

　　于是，我与一些学生开始有意识地研究清华。我们围着"大礼堂"走了一圈，被这座国内唯一的古希腊、古罗马神庙风格的建筑所震撼，有同学从美学的角度写下了"大礼堂之美"。我们站在甲所"母育子"蛇纹石花玉前，赞叹大自然的鬼斧神工，感到它超过了所有山水画的内涵。我们穿行在"胜因院"一栋栋小洋楼间，畅想着大师们的学识与生活，感到一种激励和向往。我们还将研究"水木清华"的园林设计，"地质之角"块块奇石，四季花开的种种植物，王国维纪念碑碑文，西南联大纪念碑文字，校歌的含义，梁启超"君子"演讲的意义……我们要将清华作为一门学问来研究！

　　于是，就有了附录"清华学概论"这门课的设想。我想让我的学生，以至于整个清华的学生，都来开掘这座宝藏，因为"清华园是清华人得天独厚的财富。相信"清华学"这门以研究清华为内容的学科，能够为同学们的校园生活、职业发展和人生幸福，做出些许贡献"。

二、论证

提出"清华学"这个概念，是因为对清华的研究，可以成为一门单独的学科。根据《中华人民共和国学科分类与代码国家标准（GB/T 13745-2009）》："学科是相对独立的知识体系。"[①]"本标准依据学科研究对象、研究特征、研究方法、学科的派生来源、研究目的、目标等五方面进行划分。"

且让我参照这个标准，论证一下"清华学"的内容。此处首先需要说明的是，参照，并非一一对照。机械、枯燥地对一个知识体系进行切割、分类，并不能全面反映该体系的特征。具体而言，该标准所列五个方面，并不一定是完全独立的。例如，"研究对象"和"研究特征"就需要明确界定，而"研究特征"和"研究方法"也需要明确区分。"学科的派生来源"，对于"交叉学科"而言，与"研究对象"是不可分的。因此，以下论证，基本上是以研究内容为核心，综合参照以上五个方面进行。此外，论证试图采用归纳法，即先行阐述学科

[①]《中华人民共和国学科分类与代码国家标准（GB/T 13745-2009）》前言："人类的活动产生经验，经验的积累和消化形成认识，认识通过思考、归纳、理解、抽象而上升为知识，知识在经过运用并得到验证后进一步发展到科学层面上形成知识体系，处于不断发展和演进的知识体系根据某些共性特征进行划分而成学科。""学科是相对独立的知识体系，这里'相对'、'独立'和'知识体系'三个概念是本标准定义学科的基础。'相对'强调了学科分类具有不同的角度和侧面，'独立'则使某个具体学科不可被其他学科所替代，'知识体系'使'学科'区别于具体的'业务体系'或'产品'。本标准中出现了一些学科与专业、行业、产品名称相同的情况，是出于使学科名称简明的目的，其内在含义是不同的。"

内容，然后总结学科特征，以求生动、完整和有说服力之功效。

我初步将"清华学"分为六个部分：（一）清华概况：清华作为一个大学校和小社会。（二）清华校史：清华作为一部中国近代史。（三）清华院系：清华作为一部百科全书。（四）清华校园：清华作为皇家园林和现代大学。（五）清华大师：清华作为大师云集之地。（六）清华名篇：清华的那些美文。以下就按照这个顺序略加阐述。

（一）清华概况：清华作为一个大学校和小社会

清华是所大学校，占地广，人口多。作为一个社会组织，清华是如何设置机构，安排资源，为教学和科研的中心任务服务的？此外，清华还是一个小社会，"麻雀虽小，五脏俱全"。清华承载了哪些社会职能？最后，在这个改革的年代，清华又在酝酿和实施哪些改革措施？

以一位同学从入学到毕业的过程为例。在学校里，是谁负责招生考试，是谁负责入学注册；校长是干什么的，"工字厅"里各个办公室的职能是什么；是谁负责学籍管理，是谁负责课程安排；是谁负责考试评价，是谁负责奖学勤工；是谁负责宿舍后勤，是谁负责食堂超市；是谁负责出国留学，是谁负责毕业典礼……以及以上这一切，如何构成网络，如何进行运转。学校管理，肯定是一个专门的学问。同学们通过亲身体会，刻意地研究一下这个组织，能够增长很多知识。

此外，同学们还会发现，清华园内社会功能齐全，医院、邮政局和银行，菜场、商店和租房，幼儿园、小学和中学……注意观察这些地方，了解它们的状况，能够增加对社会的了解。不仅如此，行走在校园里，看到懵懵懂懂的儿童坐在自行车后座上去幼儿园，看到身穿校服的中小学生匆匆忙忙地赶着上学，看到成群结队的大学生从"学堂路"奔向各个教室，看到老师们坐在办公室备课研究的身影，看到行动迟缓的老年人搭乘超市的免费班车购物，还有看到校园信息网上时常发布的讣告……这个校园，浓缩了人的一生，能够引发同学们的诸多思考。

还有，同学们可能自然而然地会想到，清华作为一个大学校和小社会，是如何与周围的大社会进行互动的？看似大学是在向社会输送人才和科研成果，但是大学与社会之间的相互影响，恐怕不是如此简单。

当然，我希望通过以上观察与思考，同学们能够提出改革的建议。也就是说，清华给同学们研究学校和社会提供了一个很好的样本，但是清华肯定是不完美的。那么清华应该如何改变，才能使得清华更好，对社会做出更大的贡献？众所周知，作为社会组成部分的大学，清华不仅有自己的特色，而且应该起到引领作用。同学们也许已经在思考这个问题，因为同学们来到大学，接受高等教育，不仅是为了适应社会、自己找个好工作，而且要改造社会、让更多人找到好工作。

（二）清华校史：清华作为一部中国近代史

清华百年校史，就是一部活生生的中国近代史，而这部历史，都记载在校园各个时期的建筑上。

"二校门"上的"宣统辛亥",明确记载着这所学校的开端,而这座老校门的西洋建筑风格,在向我们诉说着清华与西方的关联。从早期的"四大建筑"(大礼堂、科学馆、体育馆、图书馆)中可以看到美国对我们的影响。"清华学堂"是欧洲风格的(英法德),"同方部"之取名却是儒家的传统。三十年代的"土木工程馆"、"水利实验室"和"机械工程馆",让我们看到了清华成为大学之后的气魄。"中央主楼"反映了五十年代的背景,而建在"生物馆"、"化学馆"、"气象台"和"体育馆"等老建筑之间的理科楼群(数学、物理、生命科学),特别是新世纪的"新清华学堂",标志着一个新时代的开端。

事实上,漫步校园,这里的历史还可以向前推进。让我们想象一下,"二校门"后的两株古柏的后面,曾经是清华园"永恩寺"的大殿。向西走,三百年的"工字厅"和二百年的"古月堂"就一直在那里。

因此,站在"二校门"前,在更远的历史背景衬托下,中国近代史的画卷就展现在我们眼前:"庚子赔款""留美预科""清华学堂""清华学校""国立清华大学""清华大学";"二校门"的初建,六十年代摧毁,九十年代重建;从这个门出入的前清遗老,民国政要,学者大师,风云人物。能够把清华校史研究清楚,中国近代史也就有个大概了,因为那个时代的很多事件、很多人物,都与清华有过关联。承接前一部分"清华概述"的论证,清华与社会、与时代,是密切相关的。同样承接前一部分论证的思路,研究清华校史,不仅仅是要增加关于清华的知识,而且是要思考清华在历史上的作用。当然,研究历史,就是研究现在和关注未来,研究清华校史也不例外。

（三）清华院系：清华作为一部百科全书

目前，清华大学设有 19 个学院，55 个系，已成为一所具有理学、工学、文学、艺术学、历史学、哲学、经济学、管理学、法学、教育学和医学等学科的综合性、研究型、开放式大学。[①]

简单浏览一下学校网站院系设置的"树状图"，看看那些专业名称，就会感到自己知识的贫困匮乏。在这个校园里，有那么多人，在从事那么多的研究，从人文社科到自然科学，几乎包括了人类知识的所有主要门类，而相比之下，我们自己所从事的学习和研究，不过是其中的一个极小部分而已。学海无涯，学无止境啊！

一个人不能满足于自己那一点专业知识。作为一个人，人类所有知识都是与我们相关的，都应该引起我们的了解和关注。法律与我们无关吗？政治与我们无关吗？历史只是过去的事情吗？文学只是虚幻的吗？数学能够让我们怎样思考？材料学怎样改变我们的生活？人类为什么要航空航天？科学家为什么要做泥沙实验……培养求知的热情，思考人类的未来，也许这是清华能够给我们的极大财富。

（四）清华校园：清华作为皇家园林和现代大学

这里曾经是京城西郊皇家园林荟萃之地，这里曾经是近代美式大学校园示范之所。那么，我们今天看到的校园，经历了从设计图纸到实际效果怎样的变迁？当初的皇家园林，又是怎样的布局？与毗邻的

---

① 清华大学网站：http://www.tsinghua.edu.cn/publish/newthu/newthu_cnt/faculties/index.html。访问日期：2015 年 5 月 13 日。

圆明园和颐和园是怎样的关系？还有，随处可见的花草、奇石和雕塑，又有怎样的讲究？

校园规划、园林布局、建筑设计、奇石布置、植物分配和艺术雕塑，都是专门的学问啊！而清华园给我们的观察和研究提供了极好的条件。早春的迎春花、榆叶梅、玉兰花、紫荆花、紫丁香、白丁香，姹紫嫣红，花枝招展，呼唤着我们走近她们、认识她们；三峡石、海底火山岩、硅化木、蛇纹石花玉、牡丹石、太湖石、泰山石、灵璧石、"地质之角"的众多奇石，吸引着我们欣赏他们、研究他们；西洋建筑、中式建筑、小洋楼、四合院，让我们思考建筑美学；"清华"的荷花春柳、近春园的湖光彩亭，让我们琢磨中式园林；还有，集中在"紫荆雕塑苑"、艺术博物馆和美术学院周边以及在其他地方时常遇见的雕塑，从材质到风格展现不同的风采；以"大礼堂"为中心的老校园，与理科楼群组成的新校园，同为美式校园，却有不同的时代特征。

研究这一切，好像"不务正业"啊！然而，这是生活情趣，是闲情逸致。人生的乐趣，恰恰是我们所追求的啊！同学们今天的勤奋求学，未来的实现理想，不都是为了获得人生的乐趣吗？何况享受人生，发现身边的美，是一种生活习惯。如果在清华如此美丽的校园里都不能感到享受，那么走出校园，走向社会，哪里还能感受得到呢？

（五）清华大师：清华作为大师云集之地

这里是三百位学贯中西、博古通今的大师曾经生活和工作的地方。每念及此，我都心潮澎湃。每当走过"同方部"，梁启超 1914 年作"君子"演讲的情景就会浮现在眼前。每当走过王国维纪念碑，王国维、陈寅恪等大师的身影就会浮现在眼前。每当走过西院 16 号，我就仿佛看到朱自清奋笔疾书的情景。每当走过照澜院，我就仿佛看到梅贻琦勤奋工作的样子。还有，每当走过新林院 8 号，我就会想起梁思成和林徽因的传奇往事。这里还有"两弹一星"元勋，著名科学家、工程师……

每一位学术大师，都是一个独立的精神世界。对每一位大师的研究，不仅是学识的增加，而且是精神的升华。人生在世，每个人都有几十年光阴，但是有些人竟然可以如此精彩，可以给后人留下如此丰厚的遗产。是什么让他们超凡脱俗？我们能够从他们那里学到什么？哪位大师比较适合我自己的道路？我相信，每一位同学，对任何一位大师的研究，都会激发奋发向上的力量。何况，在清华园，大师们群星璀璨，就在我们身边闪闪发光！

（六）清华名篇：清华的那些美文

每当朗诵梁启超的这段演讲：

乾象曰："天行健，君子以自强不息。"坤象曰："地势坤，君子以厚德载物。"……纵观四万万同胞，得安居乐业，教养其子若弟者几何人？读书子弟能得良师益友之熏陶者几何人？清华学子，荟中西之鸿儒，集四方之俊秀，为师为友，相蹉相磨，他年遨游海外，吸收新文明，改良我社会，促进我政治，所谓君子人者，非清华学子，行将焉属?！虽然，君子之德风，小人之德草，今日之清华学子，将来即为社会之表率，语、默、作、止，皆为国民所仿效。设或不慎坏习，惯之传行，急如暴雨，则大事偾矣。深愿及此时机，崇德修学，勉为真君子，异日出膺大任，足以挽既倒之狂澜，作中流之砥柱，则民国幸甚矣。①

每当高唱校歌的这段歌词：

西山苍苍，东海茫茫，吾校庄严，岿然中央。东西文化，荟萃一堂，大同爰跻，祖国以光。莘莘学子来远方，莘莘学子来远方。春风化雨乐未央，行健不息须自强。自强，自强，行健不息须自强！自强，自强，行健不息须自强！②

每当路过王国维纪念碑，默读这一段碑文：

士之读书治学，盖将以脱心志于俗谛之桎梏，真理因得以发扬。思想而不自由，毋宁死耳。斯古今仁圣同所殉之精义，夫岂庸鄙之敢望。先生以一死见其独立自由之意志，非所论于一人之恩怨，一姓之兴亡。呜呼！树兹石于讲舍，系哀思而不忘；表哲人之奇节，诉真宰之茫茫，来世不可知也。先生之著述，或有时而不彰；先生之学说，或有时而可商。惟此独立之精神，自由之思想，历千万祀，与天壤而

---

① 梁启超演讲：《君子》，清华学校，1914 年 11 月 5 日。
② 《清华大学校歌》第一段。

同久，共三光而永光。①

每当前往西南联大纪念碑，细品这一段碑铭：

痛南渡，辞官阙。驻衡湘，又离别。更长征，经河泽。望中原，遍洒血。抵绝徼，继讲说。诗书丧，犹有舌。尽笳吹，情弥切。千秋耻，终已雪。见倭寇，如烟灭。起朔北，迄南越，视金瓯，已无缺。大一统，无倾折。中兴业，继往烈。罗三校，兄弟列，为一体，如胶结。同艰难，共欢悦。联合竟，使命彻。神京复，还燕碣。以此石，象坚节。纪嘉庆，告来哲。②

每当重读这些文字，你是否会激情豪迈、壮志凌云？每当你漫步近春园，想起朱自清的这段描写：

曲曲折折的荷塘上面，弥望的是田田的叶子。叶子出水很高，像亭亭的舞女的裙。层层的叶子中间，零星地点缀着些白花，有袅娜地开着的，有羞涩地打着朵儿的；正如一粒粒的明珠，又如碧天里的星星，又如刚出浴的美人。微风过处，送来缕缕清香，仿佛远处高楼上渺茫的歌声似的。这时候叶子与花也有一丝的颤动，像闪电般，霎时传过荷塘的那边去了。叶子本是肩并肩密密地挨着，这便宛然有了一道凝碧的波痕。叶子底下是脉脉的流水，遮住了，不能见一些颜色；而叶子却更见风致了。③

---

① 陈寅恪：王国维纪念碑碑文。
② 冯友兰：西南联大纪念碑碑文。
③ 朱自清：《荷塘月色》。

每当你来到图书馆，记起杨绛的这段心情：

我的中学旧友蒋恩钿不无卖弄地对我说："我带你去看看我们的图书馆！墙是大理石的！地是软木的！楼上书库的地是厚玻璃！透亮！望得见楼下的光！"……她拉开沉重的铜门，我跟她走入图书馆。地，是木头铺的，没有漆，因为是软木吧？我真想摸摸软木有多软，可是怕人笑话：捺下心伺得机会，乘人不见，蹲下去摸摸地板，轻轻用指甲掐掐，原来是掐不动的木头，不是做瓶塞的软木。据说，用软木铺地，人来人往，没有脚步声。我跟她上楼，楼梯是什么样儿，我全忘了，只记得我上楼只敢轻轻走，因为走在玻璃上。后来一想，一排排的书架子该多沉呀，我光着脚走也无妨。我放心跟她转了几个来回。下楼临走，她说："还带你去看个厕所。"厕所是不登大雅的，可是清华图书馆的女厕所却不同一般。我们走进一间屋子，四壁是大理石，隔出两个小间的矮墙是整块的大理石，洗手池前壁上，横悬一面椭圆形的大镜子，镶着一圈精致而简单的边，忘了什么颜色，什么质料，镜子里可照见全身。室内洁净明亮，无垢无尘无臭，高贵朴质，不显豪华，称得上一个雅字。①

当你找到梁实秋的这段回忆：

园里谈不到什么景致，不过非常整洁，绿草如茵，校舍十分简朴但是一尘不染。原来的一点点中国式的园林点缀保存在"工字厅""古

---

① 杨绛：《我爱清华图书馆》。

月堂",尤其是工字厅后面的荷花池,徘徊池畔,有"风来荷气,人在木阴"之致。塘坳有亭翼然,旁有巨钟为报时之用。池畔松柏参天,厅后匾额上的"水木清华"四字确是当之无愧。又有长联一副:"槛外山光历春夏秋冬万千变幻都非凡境;窗中云影任东西南北去来澹荡洵是仙居。"我在这个地方不知消磨了多少黄昏。[①]

当你偶然看到一篇文章,题为"清华不是读书的好地方":

"清华不是读书的好地方"理由不和"春天不是读书天"一般简单吗?春天有比读书更有趣的事让你做,清华有比读书更有趣的事叫你不得不做。……你如曾有一次整个钟头耐心耐意地坐在教室里笔记,那才是奇迹呢!你有眼看得见黑板上的白字,当然也有眼看得见窗外那些轻摇慢舞的鹅黄细柳,那些笑靥迎人的碧桃,那些像有胭脂要滴下枝来的朱梅,那些火似的、像有一种要扑到你身上来的热情的不知名的花,那些,那些……迷人的东西,真的没有把你的心从 a、b、c、d 中勾走么?就算你是道学家,有"目不窥园"的修养,还有玫瑰呢,丁香呢,它们会放香!熏风从那里钻进窗户,又在你鼻端打了一个回旋,你心不动么?就算你受了春寒,鼻子不通,还有云雀呢,杜鹃呢,远远地唱起来了,蜜蜂又团在窗外哼,甚至一双燕子索性坐在窗槛上说起情话来了,你又待怎样防御呢?总之,一切都引得你的心往外飞,这时的心,固然教授们的什么论,什么史,什么法,什么问

---

① 梁实秋:《清华八年》。

题，什么公式抓它不住，便是你书中的颜如玉也照样不行。……这叫做"地灵人杰"，据说山水明秀的地方，灵气所钟，人物自然也会明秀，所以"水木清华"的清华园，人物也一样非常之"清华"了。①

当你看到这些文字，你是否会心有灵犀、莞尔一笑？

当你读了以上这些文字，还有更多的清华美文，你是否会赞同吴宓的这段感叹：

……水木千年长清华，云是先朝故侯家。……崇楼新仿欧西制，转步曲廊回清丽。……名师人人华顶松，诸生个个春前柳。……但使弦歌无绝响，水木清华自千年。②

这就是清华园，我们的精神家园！

三、结论

从以上简要论证，我们可以看出"清华学"作为一个相对独立的知识体系，具有以下特征：

（一）"清华学"是以清华为研究对象的

清华历史悠久，内涵丰富，博大精深，古今中外鲜有其匹者。从学科的派生来源看，"清华学"属于交叉学科，人文社科和自然科学

---

① 余冠英：《清华不是个读书的好地方》。
② 吴宓：《清华园词》。

中的很多一、二级学科，例如管理学、文学、艺术学、美学、历史学、政治学、法学、社会学、教育学、地理学、地质学、植物学、园艺学和园林学等皆可为其上一级学科。[①]

（二）"清华学"的研究方法是独特的

我们当然要通过阅读资料来研究清华，但是更多的时候，我们是通过参观名人故居，分析古典建筑，欣赏园林奇石，体验花开花落等直观的方式研究清华，因为这一切就在我们身边，连历史都是看得见的。不仅如此，我们还要通过集体讨论的方式研究清华，因为清华是我们共同的家园。"清华学"的研究方法，充满着对清华的热爱。

（三）"清华学"的研究目的是特殊的

以我在国内外多年生活和工作的经验看，[②]坚信"清华学"的研究，有益于同学们的校园生活、职业发展和人生幸福。研究"清华学"，现在的校园生活必定是丰富多彩的，因为发现了身边很多的美；将来的职业发展必定是蓬勃向上的，因为有综合的素质；未来的人生幸福必定是可以预期的，因为有对生活的热爱。

这样说也许显得夸大其词、盲目乐观。其实我想表达的仅仅是：

---

① 以上学科分类参见《中华人民共和国学科分类与代码国家标准（GB/T 13745-2009）》。
② 本人1996年北京大学法律系博士毕业后，进入对外贸易经济合作部（后改为商务部）工作，先后担任处长和副司长等职务，曾经访问过几十个国家和地区，并且曾经在中国驻美国大使馆担任知识产权专员。

清华是清华人得天独厚的财富，我们应该好好珍惜。

（四）"清华学"之辩

还有几点说明如下：

"清华学"不仅仅是一门课，而是一门学问，一门大学问。

"清华学"不仅仅是学生应该研究的，所有清华人都有必要研究。

"清华学"不仅仅是清华人才可以研究的，但是清华人研究"清华学"，可能会有独特的便利条件和特殊的感情。

"清华学"不仅仅是一本旅游手册，因为它致知穷理、学古探微；它不是浮光掠影、泛泛而谈，而是全面深入、严肃认真。

或曰：有"清华学"，亦有"北大学""××学"乎？答曰："清华学"之提出与研究，如能促进其他学之研究，形成系列"××学"及各学间之比较研究，则本学科可升格为"学科群"矣，[①]于大学教育善莫大焉！

最后我要说的是，也许提出"清华学"过于天真，也许"清华学"有这样那样的缺陷，但是不管别人怎么说，别人怎么做，我是一定要研究"清华学"的，我也会建议我的学生研究"清华学"，因为在短短八个月时间里，我已经初尝这个学科的甜头，我的学生也感到了欣喜、表达了支持。同时，我也坚信，会有更多人加入我们的行列。

[①] "学科群（discipline group），具有某一共同属性的一组学科。每个学科群包含了若干个分支学科。"见前引标准。

2015 年 4 月 19 日，识于清华园。

2015 年 6 月 15 日第二稿，增加"（六）清华名篇"。

2018 年 1 月 16 日第三稿，增加"四、清华校园（六）雕塑"。

2018 年 6 月 29 日第四稿，在"四、清华校园（二）园林"中增加图书馆李文正馆西北下沉花园及邺架轩内枯山水；"（三）建筑"中增加人文社科图书馆和艺术博物馆等建筑；在"五、清华大师（二）人文社科、（三）自然科学"中增加名师人数和现存故居信息。

杨国华

附录三

"清华学"课程大纲

课程说明：

清华是研究学问的地方，而清华本身就是一门学问，一门大学问。它的组织，它的历史，它的学科，它的景观，它的大师，构成了跨越人文社科和自然科学的一门综合、独立的学问，其内涵之丰富，意义之深远，鲜有其匹。

同学们都在钻研某门专业，然而人生却是百科全书。清华园就是一部浓缩的百科全书，为我们提供了社会组织、近代历史、知识结构、设计规划、园林建筑、植物地质等方面的知识。不仅如此，清华曾经大师云集，他们无时无刻不在激励我们勤奋努力、奋发向上。

清华园是清华人得天独厚的财富。相信"清华学"这门以研究清华为内容的学科，能够为同学们的校园生活、职业发展和人生幸福，做出些许贡献。

课程方法：

上课采用讨论式。请同学们课前阅读资料和实地考察，以便充分参与课堂讨论。

课程考核:

课程结束后,在规定时间内完成一篇论文。

课程考核分为两个部分:课堂讨论的表现,课程论文的质量。

课程大纲

一、清华概况

清华作为一个大学校和小社会。

课程内容:

1.学校概况:历史沿革、组织机构;院系设置(树状图);师资队伍;教育教学;科学研究;招生就业;清华生活:学习与生活(校园地图);清华大学章程。

2.清华作为一所大学和社会组织:功能,组织,管理。

3.清华作为一个小社会:校园布局(教学科研、师生生活、园林景观);从幼儿园、小学、中学、大学、继续教育到老年大学。

4.清华与北大之比较。

5.清华与国外著名大学之比较(例如哈佛、耶鲁、剑桥、牛津)。

阅读资料:

1.清华及有关学校官方网站。

2.清华大学章程。

3.张应强等:《大学管理思想现代化研究》,《高等教育研究》,2001年7月,第22卷,第4期,第40页。

4.《清华大学关于全面深化教育教学改革的若干意见》（清校发
【2014】29号）。

5.方惠坚、张思敬主编：《清华大学志》（上下），清华大学出版
社，2001年4月第一版。

实地考察：

工字厅，古月堂；紫荆学生公寓，照澜院；洁华幼儿园，清华附
中，老年活动中心；教学楼，食堂，操场；近春园，水木清华。

二、清华校史

清华作为一部中国近代史。

课程内容：

清华学堂，清华学校，国立清华大学，清华大学。

阅读资料：

1.苏云峰：《从清华学堂到清华大学：1911—1929近代中国高等
教育研究》（"中央研究院"近代史研究所，1996年）和《抗战前的清
华大学：1928—1937近代中国高等教育研究》（"中央研究院"近代
史研究所，2000年）。

2.清华大学校史研究室：《清华大学史料选编》（第一卷至第六
卷），清华大学出版社1991—2009年出版。

实地考察：

清华大学校史馆。

校园各个时期的建筑（看得见的历史）：

皇家园林时期：工字厅、古月堂；清华学校早期：二校门、四大建筑（大礼堂、图书馆、科学馆、体育馆）、清华学堂、同方部；三十年代：西校门、机械工程馆、土木工程馆、生物馆、化学馆、气象台、学生"四斋"（明斋、新斋、善斋、平斋）；现代建筑：中央主楼、新清华学堂、人文社科图书馆。

教师住宅区：照澜院、新林院、胜因院、普吉院、西院、北院（16号）。

三、清华院系

清华作为一部百科全书。

课程内容：

1. 概况。

2. 院系设置所涉专业名词（见附件"院系设置"）。

阅读资料：

1. 学校网站"院系设置"栏目。

2. 查找所有专业名词的含义。

实地考察：

人文学院，法学院（明理楼正面廊柱设计及独角兽），建筑馆（大厅内的爱奥尼克式石柱、雷峰塔及其他建筑样式），"地质之角"（五教东北、水利工程系泥沙研究室后），航空航天学院（东侧飞机），泥沙实验室，美术学院（办公楼内布置及展览，A楼后雕塑"黑洞与白洞"，A楼西墙大型战争场面青铜浮雕），焊接馆，汽车碰撞实验室，环境学院（"中意清华环境节能楼"之设计）。

四、清华校园

清华作为皇家园林和现代大学。

（一）设计

课程内容：

1. 清华校园设计：从图纸到现实。

2. 与北大校园设计之比较。

3. 与美国校园设计之比较：弗吉尼亚大学、哥伦比亚大学、斯坦福大学。

阅读资料：

1. 罗森：《清华大学校园建筑规划沿革（1911—1981）》，《新建筑》，1984 年第 4 期，第 2 页。

2. 雷蕾：《清华大学校园规划与建筑研究》，北京林业大学硕士论文，2008 年 6 月。

3. 刘亦师：《清华大学校园的早期规划思想来源研究》，《城市时代，协同规划——2013 中国城市规划年会论文集》（08—城市规划历史与理论）。

4. 刘亦师：《从名园到名校：清华早期校园景观之形成及其特征》。

5. 关肇邺：《大学校园中的围合空间：兼记清华大学理学院设

计》,《世界建筑》,1999年第9期,第54页。

6. 唐克扬:《从废园到燕园》,生活·读书·新知三联书店,2009年8月第一版。

实地考察:

大礼堂"老区"和理科楼群"新区";北京大学未名湖区。

(二)园林

课程内容:

1. 园林学基础。

2. 作为皇家园林的清华园。

3. 与圆明园和颐和园之比较。

4. 中西园林设计之比较。

阅读资料:

1. 苗日新:《熙春园 清华园考:清华园三百年记忆》,清华大学出版社,2010年4月第一版。

2. 孙筱祥:《园林艺术及园林设计》,中国建筑工业出版社,2011年6月第一版。

3.〔美〕里德:《园林景观设计:从概念到形式》,中国建筑工业出版社,2010年6月第一版。

4. 张加勉:《解读颐和园:一座园林的历史和建筑》,黄山书社,2013年1月第一版。

5. 何重义、曾昭奋:《圆明园园林艺术》,中国大百科全书出版社，2010年9月第一版。

6. 韩建中：《"水木清华"山石驳岸设计、施工心得》,《中国园林》,2002年第6期, 第54页。

7. 杨元高：《环境设计在清华园中的运用》,《大舞台》,2013年第1期, 第131页。

8. 杨国华：《校河的传说》。

实地考察：

水木清华、近春园、图书馆李文正馆西北下沉花园及邺架轩内枯山水、圆明园、颐和园。

（三）建筑

课程内容：

1. 建筑学基础。

2. 校园的中国古典建筑，欧式古典建筑，现代建筑。

阅读资料：

1.〔英〕斯克鲁顿：《建筑美学》, 中国建筑工业出版社, 2003年12月第一版。

2.〔英〕霍普金斯：《解读建筑》, 北京美术摄影出版社, 2014年5月第一版。

3. 李倩怡、刘畅：《墨菲的辅助线：清华大礼堂设计的比例与法式研究》,《建筑史》(第28辑), 第156页。

4. 吴绍轩：《大礼堂之美》, 清华大学校史馆网站。

5. 鲍抒：《胜因院札记》，清华大学校史馆网站。

6. 万瑶：《清华大学人文社科图书馆设计》。

7. 陈琦：《马里奥·博塔建筑思想——清华大学艺术博物馆解读》。

实地考察：

工字厅、古月堂、大礼堂、清华学堂、人文社科图书馆、艺术博物馆。

（四）奇石

课程内容：

1. 地质矿物与观赏石基础。

2. 校园观赏石的特色。

阅读资料：

1. 卢保奇：《观赏石基础》，上海大学出版社，2011 年 7 月第一版。

2. 孟祥振、赵梅芳：《观赏石鉴赏与文化》，上海大学出版社，2006 年 5 月第一版。

3. 杨国华：《石意》。

实地考察：

前震旦纪闪云斜长花岗岩"三峡石"（西门内）；前寒武纪海底火山岩"桂韵"（西门内、清华路南）；前寒武纪海底火山岩五彩奇石"禹域瑶华"（六教北、土木水利学院前）；瘦漏皱透"泰湖石"（观畴园食堂东广场）和太湖石（综合体育馆东北"世纪林"前）；独石成山"泰山石"（人文图书馆前）；蛇纹石花玉"母育子"（甲所前）；灵璧石"擎天柱"（综合体育馆南花园）；全国唯一的大型室外地质博物园"地质之角"（五教东北、水利工程系泥沙研究室后）；侏罗纪年石树"硅化木"（清华大学接待处前）；"牡丹石"（校医院对面牡丹园前和四教西侧牡丹园）。

（五）植物

课程内容：

1. 植物学基础。

2. 校园古树。

3. 校园植物大观。

阅读资料：

1. 北京市公园管理中心：《公园植物造景》，中国建筑工业出版社，2012 年 1 月第一版。

2. 王菁兰、张彤、张贵友：《水木湛清华：清华大学校园植物》，北京大学出版社，2014 年 7 月第一版。

3. 郑淮兵：《继承发扬 营造优美的校园环境：以清华园为例剖析高校植物配置特色》，《风景园林》，2004 年第 54 期，第 35 页。

4. 杨国华：《本色》。

实地考察：

紫荆（广布）、丁香（广布）、杜仲（广布）、龙爪槐（广布）、古柏（二校门内）；早园竹、油松、圆柏、毛白杨（近春园吴晗像）；紫叶小檗、油松、圆柏、侧柏、银杏（近春园孔子像）；荷花、绦柳、蔷薇、紫薇、迎春（近春园荷塘）；油松、圆柏、国槐、金雀儿、华桑（近春园北土山）；国槐、栾树、圆柏（近春园南零零阁）；绦柳、油松、圆柏、侧柏、珍珠梅（水木清华）；桧柏、白皮松、油松、银杏、梧桐、古桑树（工字厅、古月堂、甲所、丙所）；圆柏、榆树、小叶朴、腊梅（北院）。

（六）雕塑

课程内容：

1. 雕塑欣赏。

2. 校园雕塑特色。

阅读资料：

1.〔英〕考西：《西方当代雕塑》，上海人民出版社，2014 年 9 月第一版。

2. 刘文清：《从现代雕塑美学理念看造型艺术美学的发展》，《浙江广播电视大学学报》，2003 年第 3 期第 34 页。

3. 翁剑青：《内在真实与超然之"然"——魏小明雕塑艺术之略感》，《雕塑》，2006 年第 3 期第 56 页。

实地考察：

紫荆雕塑苑、艺术博物馆和美术学院周边及其他区域："精神不倒海明威"和"惑鱼"（紫荆雕塑苑）；"行者"、"后羿射日"和"国学四大导师"（艺术博物馆周边）；魏小明作品［《惑鱼》《后羿射日》《奋进》（综合体育馆南）和《人间天使》（听涛园食堂西广场）］；"互动装置"、"生之欲"和"黑洞与白洞"（美术学院周边）；"源"（环境节能楼）；"凝聚的风景"和"星光旅行者"（中央主楼南广场东侧）；"朱自清"和"闻一多"（水木清华）；"马约翰"（西体育馆南侧）；"孔子"（近春园）。

五、清华大师

清华作为大师云集之地。

（一）梁启超

课程内容：

1. 生平。

2. 作为思想家、政治家、社会活动家、学者和教育家的梁启超。

阅读资料：

1. 丁文江、赵丰田：《梁启超年谱长编》，上海人民出版社，2009年4月第一版。

2. 齐全：《梁启超著述及学术活动系年纲目》，中国社会科学出版社，2011年5月第一版。

3. 陈晨：《梁启超轶事》，人民日报出版社，2014年3月第一版。

4. 穆卓：《宝贝，你们好吗？梁启超爱的教育，给孩子们的400余封家书》，山西人民出版社，2012年5月第一版。

5. 王德峰：《梁启超文选》，上海远东出版社，2011年5月第一版。

6. 张朋园:《梁启超与清季革命》,吉林出版集团,2007年12月第一版。

7. 张朋园:《梁启超与民国政治》,吉林出版集团,2007年8月第一版。

实地考察:

北京植物园梁启超墓园,北京东城区北沟沿胡同23号梁启超旧居,天津"饮冰室"故居,广东新会梁启超纪念馆,梁启超《君子》演讲碑(经管学院北)。

(二)人文社科:

课程内容:

王国维、陈寅恪和赵元任等生平与学术。

阅读资料:

1. 邵盈午:《清华四大导师》,东方出版社,2009年4月第一版。

2. 陈鸿祥:《王国维传》,江苏文艺出版社,2010年1月第一版。

3. 汪荣祖:《史家陈寅恪传》,北京大学出版社,2005年3月第一版。

4. 苏金智:《赵元任传:科学、语言、艺术与人生》,江苏文艺出版社,2012年11月第一版。

5. 郭樑:《清风华影》,清华大学出版社,2011年4月第二版。

6. 姚雅欣、董兵:《识庐:清华园最后的近代住宅与名人故居》,中国建筑工业出版社,2009年3月第一版。

7. 邓卫:《清华史苑》(清华园名人故居),清华大学出版社,2011年4月第一版。

实地考察（19处）：

王国维纪念碑（一教北侧）

王国维故居（西院42号、43号）

赵元任（语言学家，照澜院1号）

陈寅恪故居（照澜院2号、西院36号、新林院52号）

冯友兰（哲学家，照澜院17号）

吴晗（历史学家，西院12号）

陈达（社会学家，西院35号）

朱自清（文学家，西院45号，北院16号）

闻一多（文学家，西院46号）

陈岱孙（经济学家，新林院3号）

萧公权（政治学家，新林院5号）

钱锺书（文学家，新林院7号）

潘光旦（社会学家，新林院11号）

雷海宗（历史学家，新林院41号）

张岱年（哲学家，新林院41号）

王力（语言学家，新林院43号）

罗念生（文学家，胜因院27号）

金岳霖（哲学家，胜因院36号）

（三）自然科学

课程内容：

顾毓琇、杨武之和周培源等生平与建树。

阅读资料：

郭樑：《清风华影》，清华大学出版社，2011年4月第二版。

实地考察（14处）：

梅贻琦（物理学家，校长，照澜院5号）

张子高（化学家，照澜院5号）

虞振镛（农学家，照澜院10号）

袁复礼（地质学家，照澜院10号）

马约翰（体育学家，照澜院16号）

冯景兰（地质学家，照澜院17号）

杨武之（数学家，西院11号）

熊庆来（数学家，西院31号）

郑之蕃（数学家，西院34号）

王遵明（铸工学家，西院35号）

顾毓琇（电机工程学家，西院16号）

周培源（物理学家、新林院2号）

梁思成（建筑学家，新林院8号）

吴有训（物理学家，新林院12号）

六、清华名篇

清华的那些美文。

课程内容：

梁启超"君子"演说；王国维纪念碑碑文；西南联大纪念碑碑文；清华大学校歌；朱自清《荷塘月色》；吴宓《清华园词》；杨绛《我爱清华图书馆》；余冠英《清华不是个读书的好地方》。

参考资料：

1. 李光荣、宣淑君：《国立西南联合大学纪念碑碑文评注》，云南师范大学学报，2002年9月，第96页。

2. 汪鸾翔：《清华中文校歌之真义》，载黄延复、贾金悦：《清华园风物志》，清华大学出版社，2005年11月第三版，第11页。

3. 孙茂新：《清华大学校歌歌词释义》。

4. 吴宓：《吴宓诗集》，商务印书馆，2004年11月第一版。

5. 王存诚：《韵藻清华：清华百年诗词辑录》，清华大学出版社，2011年4月第一版。

6. 陈永正：《王国维诗词笺注》，上海古籍出版社，2011年4月第一版。

7. 胡文辉：《陈寅恪诗笺释》，广东人民出版社，2013年4月第二版。

实地考察：

王国维纪念碑（一教北侧）

西南联大纪念碑（北院校河对岸绿地）

近春园荷塘

图书馆（一期）

总参考资料：

1. 黄延复、贾金悦：《清华园风物志》，清华大学出版社，2005年11月第三版。

2. 苗日新：《导游清华园》，清华大学出版社，2012年7月第一版。

3.《清华风物》系列电视片，清华电视台网站。

4. 朱光潜：《谈美 文艺心理学》，中华书局，2012年9月第一版。

附件：院系设置

按学校网站"院系设置"树状图顺序排列，专业名词来自院系或研究院所名称。

一、理工科：

1. 建筑学院：建筑、城市规划、景观学、建筑技术科学

2. 土木水利学院：土木工程、水利水电工程、工程管理

3. 环境学院：环境工程、环境科学、环境管理、市政工程、辐射防护与环境保护、生态学

4. 机械工程学院：机械工程、精密仪器、热能工程、汽车工程、工业工程、基础工业

5. 航天航空学院：航空宇航工程、工程力学和航空技术

6. 信息科学技术学院：电子工程、计算机科学与技术、自动化、微电子与纳电子

7. 理学院：数学、物理、化学、地球系统科学

8. 材料学院：材料物理与化学、材料加工工程、无机非金属材料、金属材料、复合材料

9. 生命科学学院：生物物理与结构生物学、生物化学与分子生物学、细胞与发育生物学、生物技术、植物生物学、海洋生物技术、生物学

10. 医学院：基础医学系、生物医学工程系、药学系和公共健康

11. 医学中心：临床医学、心血管、脑神经疾病、泌尿、肿瘤、急重症及灾害

12. 电机工程与应用电子技术系：电力系统、柔性输配电系统、高电压及绝缘技术、电力电子与电机系统、电气新技术、电工学、计算机硬件及应用

13. 工程物理系：工程物理，核工程与核技术

14. 化学工程系：化学工程与工业生物工程、高分子，材料与工程，具体方向：化学工程（含反应工程、分离工程、化工热力学）、过程与系统工程、生物化工、应用化学、高分子材料与化工

15. 核能与新能源技术研究院：反应堆运行，反应堆物理、热工与系统模拟，反应堆结构，反应堆装备，氦透平与氦风机，热工水力学，反应堆安全，新材料，计算机与控制，磁轴承技术，高温堆，低温堆，概算，核化学工艺，新型能源及材料化学，资源化工，精细陶瓷，功率电子器件，核技术，辐射仪器，环境技术，生物质能，能源系统分析

16. 高等研究院：统计物理、凝聚态理论、数学物理、基础数学、

理论生物学、理论计算机科学

17. 交叉信息研究院：理论计算机科学、量子信息、机器智能、安全计算

18. 周培源应用数学研究中心：理论生物学（蛋白质折叠、系统生物学、计算神经科学）、应用数学方法（应用偏微分方程、科学计算、概率统计、非线性波动理论）

19. 燃烧能源中心：燃烧能源和燃烧科学

20. 数学科学中心：数学科学

二、社科人文

1. 经济管理学院：会计、经济、金融、创新创业与战略、领导力与组织管理、管理科学与工程、市场营销

2. 公共管理学院：公共政策、非政府、国情、国际战略与发展、政府、台湾

3. 马克思主义学院：思想道德修养与法律基础、中国近代史纲要、马克思主义基本原理、毛泽东思想和中国特色社会主义理论体系、中国特色社会主义理论与实践、中国马克思主义与当代

4. 人文学院：中国语言文学、历史系／思想文化、对外汉语教学、外国语言文学、哲学

5. 社会科学学院：社会学、政治学、国际关系学、心理学、经济学、科学技术与社会

6. 法学院：环境资源与能源法、商法、创新与知识产权、法律全

球化、民事法、法政哲学、知识产权法、公法、国际法研究中心、卫生法、欧盟法与比较法、程序法、刑事法、金融与法律、习惯法、房地产法、海洋法、港澳台法、体育法、法律与文化、两岸法政问题、国际私法与比较法、竞争法与产业促进、中国司法研究、证据法、法律史、国际经济法

7. 新闻与传播学院：新闻学、国际新闻与传播、影视传播、新媒体传播、媒介经营与管理

8. 五道口金融学院：金融学、货币政策与金融稳定、民生财富管理、互联网金融、阳光互联网金融创新、创业金融与经济增长

9. 美术学院：染织服装艺术设计、陶瓷艺术设计、工业设计、视觉传达设计、环境艺术设计、信息艺术设计、绘画、雕塑、工艺美术、艺术史论

10. 体育部：

体育知识理论类：体育欣赏、人体健康概述、自我诊断与保健，运动处方、运动伤病及预防和治疗，运动与营养，科学体育锻炼原则及方法，运动技能分析及心理健康

技能训练类：散手、武术（器械）套路、中国式摔跤、定向越野、跆拳道、空手道、防身术、健美、击剑、攀岩、柔道、剑道、艺术体操、形体、健美操、短兵、铁人三项

竞技类：篮球、排球、足球、手球、棒球、垒球、乒乓球、羽毛球、网球、田径、游泳、跳水、毽球、藤球、沙滩排球、水球、赛艇、橄榄球、野外生存技能

素质类：速度、耐力、力量、灵敏、柔韧、协调、平衡、综合练习、腰腹练习、弹跳练习

休闲娱乐类：体育舞蹈、飞镖、街舞、射箭、射击、台球、形体、健美操、花样轮滑、速度轮滑、保龄球、沙狐球、舍宾、瑜伽

体育医疗保健类：

气功、八段锦、太极拳、太极剑等适宜活动

竞赛与社会：

参加校级竞赛，参加北京国际马拉松赛，参加世界奥林匹克日活动，参加远足活动，参加体育协会活动

11. 艺术教育中心：

赏析类课程：音乐类，如：大学生音乐知识与赏析，戏曲与中国传统文化、中国音乐与中国传统文化、中国民族民间音乐赏析、20世纪中国歌曲史、西方古典音乐文化、欧洲歌剧知识与赏析，键盘艺术赏析，西方弦乐室内乐赏析，传统与现代音乐、音乐剧百年历程，多元文化中的音乐现象等；美学、戏剧、舞蹈、美术、摄影、电影类等赏析课程，如：美学与艺术欣赏、中外名剧赏析，电影中的艺术与文化，摄影作品赏析，民族与现代舞赏析等17门次。

艺术实践类课程：表演艺术。

12. 教育研究院：高等教育、教育政策与管理、教育技术、基础教育。

13. 继续教育学院：企业内训、行业特色培训、国际合作培训、管理公开课、工程技术培训、远程培训

杨国华

致　谢

　　本书主要内容来自"清华学"课程，而该课程的开设，要感谢白峰杉和陈旭老师，由于他们分别主持了"大学精神之源流"和"新生导引课"等通识课，"清华学"小班课才得以分别在其下开设。此外，还要感谢钟周、金富军、刘亦师、张建民、温庆博、王菁兰、袁佐、唐杰和廖莹等老师，是他们的关心和授课，才使得"清华学"课程得以顺利进行。最后要感谢人民出版社蒋茂凝先生和东方出版社各位编辑，是他们的大力支持和细致工作，才使得本书得以顺利面世。

　　清华大学法学院2017级研究生李娴姝在本书的文字和配图编选方面做了大量工作，2020级研究生刘波阳审读书稿并提出了文字修改意见，在此一并致谢。